영상
노트

JN412346

MODERN FANTASY STORY

텀블러 현대판타지 장편소설

투자의 귀신 제5권

초판 1쇄 인쇄일 | 2025년 08월 27일
초판 1쇄 발행일 | 2025년 09월 03일

지은이 | 텀블러
발행인 | 조승진

편집기획팀 | 이기일, 김정환
출판제작팀 | 홍성희

펴낸곳 | 데이즈엔터(주)
주소 | (07551) 서울, 강서구 양천로 570, NH서울축산농협 NH서울타워 19층(등촌동)
전화 | 02-2013-5665(代) | **FAX** 032-3479-9872
등록번호 | 제 2023-000050호
홈페이지 | www.daysenter.com
E-mail | alldays1@daysenter.com

ISBN 979-11-427-2180-9
ISBN 979-11-7309-573-3 (세트)

※잘못된 책은 본사나 구입처에서 교환하여 드립니다.
※저자와의 합의하에 인지를 붙이지 않습니다.

NVESTMEN

VISION

The Legend of the
private equity fund

텀블러 현대판타지 장편소설

MODERN FANTASY STORY

투자의 신

鬼

5

HISTORY

재벌의 탄생
남서울 신흥재벌

건강이 곧 재산이다
트레이너 철금강과 함께하는 헬스레이드

자본주의 고인물에게 배우는 실전투자

후계자를 키우는 방법
떡잎부터 슈퍼리치

회귀자를 위한 슬기로운 투자생활

※ 본 작품은 픽션입니다.
본 작품에 등장하는 인물, 단체, 지명, 국명, 사건 등은 실존과는 일절 관계가 없습니다.

투자의 귀신

1장 해결방안

야심한 시각.

아직도 회사에 남아 스마트폰을 만지작거리고 있는 한결의 표정이 어쩐지 사방이 꽉 막힌 듯 답답해 보인다.

[합금, 도금 관련 특허 사용 건수]

[사용자 조건 부합 건수 : 121건]

"…완전히 외통수네."

–무역업계에서 이런 클레임은 흔하지 않나?

"아직 클레임 단계까진 아닌데… 그래도 해결이 쉽지 않아 보이는 건 마찬가지네요. 하필이면 이 타이밍에 중소기업들의 손발을 묶어 버리다니!"

무역업에서의 '클레임'은 기업의 비합리적인 물류체계, 부적절한 물품 분류와 함께 손익비중을 망가트리는 3대 요인으로 꼽힐 정도로 고질적이고 골치 아픈 문젯거리이다.

가장 뼈아픈 것은 이 클레임에 엮이면 자금사정도 급격하게 나빠질 수 있다는 점이었다.

"만약 이 사건이 클레임으로까지 묶인다? 그럼 61개 회사는 꼼짝없이 부도처리 될 겁니다."

–배상금이랑 위약금 때문에?

"물건은 물건대로 날리고, 배상금이랑 위약금은 곱빼기로 때려 맞을 텐데 과연 살아남을 수 있겠어요?"

–하필이면 법정 분쟁에 엮여서 엔젤협회에서도 더 이상의 투자나 여신은 안 해 줄 거고….

"그게 제일 커요, 비빌 언덕이 사라진다는 거!"

절로 한숨이 나왔다.

"하아……."

–어떻게든 돌파구를 찾아봐야지.

"어렵네요, 이거……."

–그래도 아직 포기하긴 이르지. 적어도 넌 지금 이 상황에서 뭐가 가장 문제인지 잘 인지하고 있잖냐. 그것만 해도 일단 절반은 해낸 거라고 봐야지.

"그게 또 그렇게 되나?"

차상식은 두뇌 가동이 멈춰 버린 듯한 한결에게 힌트를

던져주었다.

–인마, 이럴 땐 발상의 전환을 해 주는 거야.

"어떻게요?"

–역지사지(易地思之)라고 하지! 자, 이렇게 생각을 해 봐. 상대편의 입장에서 생각하는 거야. 마치 혼자서 체스를 둔다고 상상하는 거지. 네가 폰을 한 칸 앞으로 보냈을 때, 과연 상대방은 다음 수에 대해 어떻게 생각하고 대응할까?

"아?!"

–네가 궁지에 몰려 파훼법을 찾아 움직일 때, 상대는 과연 어떻게 포위망을 좁혀 올 것인가? 순간, 마치 머릿속을 꽉 막고 있던 단단한 뭔가가 시원하게 빠져나가는 느낌이 들었다.

한결의 머리에서는 이제 한 판의 대국이 펼쳐지기 시작했다.

"내가 중소기업들을 키워서 인도를 뚫었다. 그랬더니 기다렸다는 듯 특허권 인수라는 맞대응으로 응수했다? 그렇다면 저놈들이 생각하기에 내가 둘 수 있는 수는 포기, 혹은 똑같은 수로 맞대응하는 것이겠네요!"

–크흐흐! 이제야 좀 창의성이 생기는 모양이로군! 자, 그럼 여기서 시작해야 할 것은 두 가지야. 사건을 분자단위로 쪼개는 것과 상대의 수를 나노단위까지 쪼개는 거지!

"나노단위까지 쪼갠다?"

—어떤 사건의 핵심을 넘어 심연까지 파고들면 그 이후의 상황들이 어느 정도 눈에 들어오거든. 그렇게 되면 적어도 네게 주어진 수가 몇 가지인지, 최소 두 턴은 뛰어넘어 판을 돌아볼 수 있게 된다는 거야.

"만약 그 상태에서 상대방의 수를 나노단위까지 쪼개면 적어도 한 수 정도는 앞설 수 있겠네요!"

—그래, 바로 그거야! 위기를 극복하기 위해서는 당장 눈앞의 상황만 볼 것이 아니라 과거의 심연, 그리고 더 나아가 미래까지 바라봐야 한다는 거지.

소중한 한 수를 두기 전, 한결은 도대체 놈들이 왜 이런 수를 두었는지부터 알아보기로 했다.

자리로 돌아와 인터폰 수화기를 든 한결은 자산운용실 산하 회계관리팀에 연락을 취했다.

"자리에 혹시 누구 있습니까?"

—네, 상무님. 회계관리팀의 장주영 차장입니다.

"고생 많아요, 장 차장."

자산운용실은 사실상 퇴근도 주말도 없었다.

그들은 오로지 조직을 위해서 헌신하는 일벌과도 같은 사람들이었다.

—지시사항이 있으십니까?

"우리 회사에서 매입했던 건자재에 대한 자료를 전부 모아서 보내 주세요. 언제까지 가능할까요?"

-보스가 원하시면 언제든지 가능합니다.

불가능이란 없다는 듯한 인상, 마치 기계와 같은 대답이었다.

한결은 차분하게 지시를 내렸다.

"자료의 연대는 언제부터 있죠?"

-저희들이 가지고 있는 것은 2010년대부터입니다. 만약 그 이전의 기록을 원하신다면 전산기록실로 내려가서 장부를 찾아오겠습니다.

"일단 2010년대 보고서부터 받아 봅시다."

-언제까지 올릴까요?

"음… 두 시간 뒤?"

-한 시간 후에 뵙겠습니다.

이 사람들은 '같습니다' 라는 말을 쓰지 않는다.

무조건 '가능' 과 '불가능' 만이 존재할 뿐이다.

심지어 그 불가능이라는 단어조차 어지간하면 쓰지 않는 편이었다.

-엘리트 집단은 일반조직과는 달라. 보스가 원하는 것이 있다면 반드시 해내야 하는 놈들이지.

'하지만 사람이 살다 보면 자신의 생각과는 달리 일이 잘 안 풀릴 때도 있는 거잖아요?'

-생각과 다르게 일을 풀어 가는 사람은 애초에 엘리트 집단에 들어올 수가 없어.

‘아!’

역시 엘리트들은 뭔가 달랐다.

하지만 그만큼 고달파 보이기도 한다.

이것이 바로 클래스의 차이가 주는 무게인 건가, 한결은 그런 생각을 해 본다.

§ § §

한 시간 뒤.

장주영 차장은 A4용지를 복사해서 엮은 40장의 보고서를 제출했다.

“말씀하신 보고서입니다. 브리핑 해 드릴까요?”

“아니요, 괜찮아요.”

“또 필요하신 것이 있으면 언제든지 말씀해 주십시오.”

40장의 보고서에는 연도별 주요 이슈와 총무역량 등, 세세하지만 간결한 데이터가 나열되어 있었다.

덕분에 한결은 건자재의 동향에 대해 세세히 알아낼 수 있었다.

‘전체적인 흐름은 우상향 곡선이네요. 2008년 리먼브라더스 사태가 터졌을 때에도 아시아 신흥국, 브릭스의 약진으로 건설시장은 꾸준히 호황이었던 모양이고요.’

-지금도 건설은 시장의 블루칩이야. 관련 분야는 거의

모두 상향곡선을 그리고 있지.

'이 정도면 저놈들 눈이 돌아가도 이상할 건 없죠. 하지만 뭔가 명분이 부족한데요? 저 새끼들도 분명히 이사회라는 것이 있을 텐데, 아직 유통망도 제대로 안 갖춰 놓은 상태에서 과연 원천기술 인수부터 단행하겠다는 안건이 통과되었을 리가 없잖아요?'

-그래, 뭔가 퍼즐이 하나 부족해 보이지?

아직도 시작점 아래의 심연까지 파고드는 것은 쉽지 않아 보인다.

한결은 여기서 한 번 더 과거로 시점을 돌려 보기로 했다.

'생각해 보니까 말이에요. 몰리브덴 가격이 상승하자마자 지금 일이 이렇게 된 거잖아요?'

-그런 셈이지.

'그렇다면 몰리브덴이 상승하기 전에는 과연 저놈들은 어떻게 반응하고 행동했을까요?'

-그걸 알아보기 위해서는 발품을 파는 수밖에는 없어.

'흠…….'

-하지만 우리에겐 시간이 별로 없지. 고로 뭐다? 속성을 선택해야 한다는 거지.

'뭔가 지름길이 있어요?'

-왜 없어? 정보를 받아 낼 수 있는 길이 주변에 널리고 깔렸는데.

'아!'

–지금이야말로 베스트 타이밍이지. 왜냐? 네가 부장에서 이제 막 상무로 승진했거든!

지금은 한결에겐 최악의 상황이었다.

하나 아이러니하게도 이 상황을 해결하기엔 최고의 타이밍이기도 했다.

'떡밥을 던져 보자고요!'

한결은 IL그룹의 부장들에게 전체 이메일을 발송했다.

[제목 : 앞으로 IL그룹의 식구가 될 IX홀딩스의 상무이사 신한결입니다…]

[…다름이 아니라 이번 몰리브덴 가격상승 이전에 각 부서에서 작성되었던 건자재 관련 보고서를 보내 주셨으면 합니다…]

–음, 좋아! 상무이사라는 거 강조했고, 앞으로 같은 회사 식구가 될 것이라는 것도 각인시켰군!

'이 정도면 미끼론 충분하겠죠?'

–큭큭! 내일 아침이면 아마 이메일이 폭발하게 될 거다!

한결은 '내 밑으로 들어올 사람, 손들어!' 라는 떡밥을 던졌다.

이제 남은 것은 시간의 흐름에 맡기는 일뿐이다.

§ § §

눈 부신 햇살이 부서져 내리는 아침.

역삼동의 주거형 오피스텔에서 눈을 뜬 한결은 스마트폰부터 확인했다.

[7: 31분]

[도착 이메일 1,251건]

"…헐! 뭐가 이렇게 많아?"

-떡밥이 제대로 효과를 봤네!

자리에서 벌떡 일어난 한결은 이메일부터 확인해 보았다.

[특수강 건자재 관련 보고서…]

[합금철 분야 건자재 수요 동향….]

[수출 분야에 대한 건자재 수급전략…]

이메일의 양은 그야말로 계정이 폭파될 정도로 많았다.

그것도 지금 이 시점, 한결에게 반드시 필요한 것들로만 가득했다.

-지난번 와인모임에서 너한테 꼬름하게 굴었던 새끼들

이 상무이사 승진 건으로 아주 발등에 불이 떨어졌나 보네!

"오히려 약간 무시당했던 게 이렇게 도움이 되네요?"

IL그룹 라인에서 광속이탈을 하는 줄 알았더니 기사회생해서 젊은 상무이사가 되어 돌아왔다.

부장들 입장에서는 목이 바짝바짝 타들어 가는 기분일 것이었다.

"자, 그럼 이제 정리를 좀 해 볼까요?"

한결을 곧바로 출근준비부터 했다.

뭐가 어찌 되었건 간에 본연의 업무는 하면서 조사를 하는 게 맞았기 때문이다.

한결이 회사에 들어서자 자산운용실의 직원들이 고개를 숙여 그를 맞이했다.

"오늘 스케줄은……."

"스케줄 정리해서 보고서 올리고, 회사 관용차 있죠? 오늘은 이동하는데 그걸 좀 씁시다."

최대한 시간을 아껴야 한다. 그러자면 업무를 처리하면서 이동 중에 이메일을 정리하는 수밖에 없다.

한결이 이렇게 빡빡하게 나오자 오히려 직원들은 더 좋아했다.

"네! 완벽하게 준비해 놓겠습니다!"

"……그래요."

–크하하하! 이 동네는 변태들만 모인 곳인가?

다소 빡빡한 스케줄을 잡아 놓고 곧바로 이메일을 정리하기 시작했다.

한결은 오늘 아침나절에 도착한 정보들을 하나도 빠짐없이 종류별로 분류하기 시작했다.

이메일을 총 12개 대분류로 나눠 정리하고, 그것들을 세분화하는 것이 한결이 선택한 방식이었다.

일일이 하나씩 이메일을 열어 보다 보니 저절로 몰리브덴 사태 이전의 건자재 및 합금 분야가 어땠는지 자동으로 정리가 된다.

이 중에 핵심 키워드는 유럽이었다.

[이탈리아 금융위기론에 의한 수요 동향 하락반전]

[남유럽 건설경기 침체 및 이탈리아 금융당국의 은행들에 대한 '횡재세' 도입 논란…]

[이탈리아의 금융이탈론에 대한 특허권 동향…]

'남유럽, 그중에서도 이탈리아의 건설경기 침체 시기에 금융당국이 횡재세를 물려 버린 거네요?'

–아직 물렸다는 게 아니고 예전부터 그런 기조가 있었다는 거지. 아직 시행단계도 아니었고.

'하지만 그래도 그게 건설경기 침체를 가속화시켜 자금경색을 일으켰고, 건자재 회사들은 아예 소재에 대한 특허

권까지 해외에 팔아 치우는 사태가 벌어진 거였네요.'

-금융자산들이 갈 곳을 잃었다….

'그렇다면 저들의 행동이 이해가 되네요! 유럽에서는 갈 길을 잃었으니 당연히 아시아로 몰려들겠죠!'

과거로 파고드는 것까진 성공했다.

이제는 여기서 한 발자국 더 나아가 심연을 파고들어야 한다.

'판을 조금 더 분자단위로 쪼개야 할 것 같은데….'

-그건 머슴과 여왕벌들에게 시키면 되는 거지.

'아! 그러네!'

금융권과 증권사, 투자회사에 언론까지 끼고 있었다.

한결이 방향만 제대로 잡는다면 정보를 얻는 것은 절대 어려운 일이 아니다.

여섯 시간 동안 이메일과 씨름을 하다 보니 어느새 오후가 되어 있었다. 아침부터 이곳저곳 많이도 돌아다닌 한결은 수행원들에게 카드를 내어 주며 말했다.

"가서 식사 좀 하고 오세요."

"저희들은 괜찮습니다만…."

"명령입니다."

"네!"

능동적인 것보다 오히려 수동적인 것이 더 편하다는 듯, 그들은 명령 한 마디에 아주 즐겁게 움직였다.

'비즈니스라는 게 참으로 어렵네요.'

—큭큭, 조직이라는 게 원래 다 그런 법이지.

직원들을 보내 놓고 홀로 남은 한결은 계속해서 이메일을 분류해 나갔다.

그러다가 그의 눈을 사로잡는 글귀가 눈에 들어왔다.

"…몰리브덴 정련?"

§ § §

이메일에는 생각보다 놀라운 내용이 들어 있었다.

몰리브덴 정련 관련 특허를 보유한 히든 챔피언이 있다는 것이었다. 한결은 상무이사 개인 휴게실에 누워서 보고서를 살펴보았다.

[작성자 : IL에너지 소재 개발팀]

[카자흐스탄에서 몰리브덴을 수입해서 유럽의 수출물량을 조달한다는데, 이게 생각보다 질이 괜찮고 한국에서 정련도 충분히 가능하다고 보입니다. 투자금 유입만 충분하다면 앞으로 강소기업으로 성장할 가능성이 높습니다…]

"…몰리브덴? 원래 몰리브덴 정련은 일본에 외주로 맡기지 않아요?"

—거의 그런 편이지. 99.99%의 고순도 몰리브덴은 지금

까지 일본을 거쳐서 한국으로 들어왔으니까.

"그런데 그걸 이제 한국에서 정련할 수 있게 되었다… 뭐, 그런 건가요?"

-한국에서 몰리브덴 정련기술이 개발 중이었다는 건 얼핏 들은 기억이 있는데, 벌써 실용화가 된 줄은 몰랐네.

"어… 그런데 그 정도 기술이면 솔직히 대기업들이 스폰서로 엄청 붙었어야 정상 아닌가요?"

-뭔가 사정이 있을 수도 있지.

보고서를 보면 정련기술의 수준은 높으나 IL그룹의 기술지원 투자는 어느 순간 중단되어 버렸다고 나왔다.

한결은 그 이유가 뭔지 궁금해졌다.

일단 이메일에 적힌 상호명을 검색해 보았다.

[양촌화학]

[주요 분야 : 금속재련, 정련]

[…해외 파트너 회사들과의 다수 합작…]

['당진 제철소', '포항 제철소', '광양 제철소' 하청경력 20년 이상…]

[정련 분야 특허 12종…]

"…뭐야, 진짜였어? 심지어 대기업, 공기업 하청을 20년이나 했네!"

—이야! 이런 게 바로 히든 챔피언이라는 거 아니겠냐?

"아니, 그런데 도대체 왜 중간에 투자를 끊어 버린 거죠?"

—잘 보면 답이 나오지. 제철소의 하청경력이 20년이야. 하지만 보고서에는 단독기술로 상품화가 가능하다는 얘기가 없어.

"아! 지금으로선 대기업이 줄을 끊어 버리면 생산설비라든지 정련설비를 다시 다 해야 하는군요!"

—한 마디로 실질적인 현금창출이 어렵다?

"즉, 돈이 안 된다는 뜻이네요?"

—그렇지, 아직까지는.

"오호?"

만약 한결이 AS컴퍼니의 자금을 양촌화학에 출자해서 기술특허를 얻는다면 어떻게 될까?

"인수합병으로 생산기반만 제대로 갖춰 주면 충분히 돈이 될 것도 같은데요? 그쵸?"

—IL그룹도 그렇게 생각했었겠지. 하지만 지금의 IL그룹으로선 굳이 그럴 이유가 없었던 거야.

"아?!"

순간, 한결의 머릿속에 한 획이 길게 그어졌다.

그 획의 끝에서 이런 생각에 닿게 되었다.

"만약 우리가 저놈들과 정빵으로 딜교환을 한다면 서로에 대한 데미지는 과연 얼마나 될까요?"

—딜교? 음… 글쎄다. 그거야 맞아 봐야 알겠지만, 서로 엇비슷하지 않을까?

"우직하게 인파이팅으로 간다면? 그럼 누가 이길까요?"

—아무래도 체력적으로 우세한 놈이 이기겠지?

한결은 고민했다.

지금 당장이야 위태로워 보이겠지만, 과연 난타전으로 치고받으며 싸웠을 때의 결과는 과연 어떻게 될까?

"대한민국이 수출하는 부품, 건자재 중에서 당진 제철소를 안 거친 물건이 과연 얼마나 될까요?"

—거의 없겠지?

"이 정도면 로열티 사용에 대한 비중을 크게 낮춰서 엔젤투자협회에 등록된 중소기업들의 순익비중을 높여 줄 수 있지 않을까요?"

—이걸로 엔젤투자협회와의 불협화음을 종식시키고 저놈들에게 카운터펀치를 날리겠다, 이거야?

"묵직하게! 한 방 쳐 줘야죠! 저번에 봤던 방 부회장의 리버샷처럼요!"

—카운터를 어디서 치려고?

"금융이요!"

차상식은 금융이라는 말에 무릎을 쳤다.

—이탈리아 은행들의 횡재세 쇼크를 이용하겠다는 거군!

"잘못하면 지금 누리는 미친 수익률은 전부 쓰레기 조각이 될 겁니다. 그럼 자연적으로 부실채권부터 정리하겠죠. 왜냐? 원금회수율이 낮은 채권을 손에 쥐고 있어 봤자 도움이 안 될 거잖아요."

절로 고개가 끄덕여지는 계책이었다.

–심연까지 파고들더니 제대로 수를 찾았네?

"아마 이건 알아도 못 막을걸요?"

드디어 길을 찾았다. 물론 그 길도 쉽지만은 않을 것이었다.

–하지만 그러자면 IX홀딩스와 IL그룹의 관계에서 네 영향력을 조금 더 높여야 할 거야.

"그렇죠. IL그룹이 IX홀딩스의 안정화를 목적으로 구조조정을 단행한다면, 당연히 AS컴퍼니의 자회사들과의 계약은 자동으로 해지될 테니까요."

이제부터 모든 것은 한결이 어떻게 행동하느냐에 따라 달렸다.

한결의 신뢰도가 높아져야 IX홀딩스가 현재의 계약상태를 그대로 유지해 줄 테니 말이다.

§ § §

그날 오후.

외부 스케줄을 마치고 돌아오던 한결에게 전화가 걸려왔다.

지이이잉!

[공유찬 사장]

공 상무는 이제 사장으로 승진했고 IX홀딩스를 이끄는 새로운 지도자로 자리매김하게 되었다.

그런 공유찬 사장이 한결을 찾는다는 것은 이전과는 의미가 크게 달랐다.

"예, 사장님! 신한결입니다."

–잠깐 시간 괜찮나?

"지금 엘리베이터에 올랐습니다. 집무실로 찾아뵐까요?"

–아니, 그럴 필요는 없고, 현재 진행 중인 프로젝트 끝나면 IL그룹과의 합병을 좀 준비해 줘야겠어.

"드디어 올 것이 왔습니까?"

–그래.

IX홀딩스가 사장을 교체하고 자산관리실장에 대한 파격 인사를 단행한 표면적인 이유는 바로 여기에 있었다.

IL그룹과의 합병에서 조금이나마 친이사회 세력을 밀어내고 공유찬 사장을 안정적으로 이사회에 합류시키기 위함이었다.

–주식 공개매수를 단행하거나, 우리가 지분을 넘기는 대신 모회사의 지분을 받아서 서로 교환하는 형식이 될 수도 있어. 자네가 최대한 많은 경우의 수를 바탕으로 철저한 대

비를 해 줬으면 좋겠는데 말이야.

"업무 중간에 끊임없이 경우의 수를 계산하겠습니다."

–그리고 그에 앞서 지난번부터 진행 중인 IX홀딩스 재무관리 자료정리는 최대한 빨리 마무리했으면 하고.

"재무관리 자료정리는 일주일 후에는 보고서 올릴 수 있도록 하겠습니다."

–일주일? 그건 너무 짧지 않나?

"충분합니다."

다른 사람이라면 한결의 일주일은 터무니없는 공수표라고 생각할 수도 있겠지만 공 대표는 달랐다.

–하긴 자네라면 뭐. 그래, 그럼 일주일 후에 좋은 결과 기다리고 있겠어.

"네, 감사합니다!"

안 그래도 바쁜 나날을 보내고 있지만 IX홀딩스 재무정리와 인수합병 업무는 한결에게 있어서 가장 중요한 일이었다.

어쩌면 HMN에 가장 빨리 가까워질 수 있는 방법이었기 때문이다.

–그럼 질 나쁜 양반들 얼른 털어 내 버리고 새 차에 올라타자고.

"예, 사장님!"

한결은 여전히 '열렙' 중이다.

§ § §

한결이 공 대표와의 통화를 끝내자마자 재무 관련 자료들이 쏟아져 들어오기 시작했다.

그들이 가져다 놓은 자료의 분량은 무려 PP박스 20개였다.

그것도 빙산의 일각에 불과했다.

"앞으로 하루에 한 번씩 다녀가겠습니다."

"…그래요, 수고하세요."

아무리 AS컴퍼니의 자회사를 살리겠다고 고군분투하고 있다지만, 이건 많아도 너무 많았다.

"와! 아니, 진짜… 와아……."

–여기서 부실정황 찾아내 자료 취합하고 썩은 살까지 도려내려면 최소한 한 달은 걸리지 않을까?

한 기업집단이 합병되는 과정은 결코 단순하지가 않다.

합병에 수반되는 비용부터 시너지 관리까지, 경우의 수를 계산한다는 게 보통 일이 아닌 것이다.

때문에 자료의 원본이 직접 한결에게 전달된 것이고, 그 자료의 질과 양 또한 엄청난 것이었다.

'우리가 최대한 작업을 일찍 끝낸다면 얘기가 달라지겠죠.'

–우리?

'네! 아저씨랑 나랑!'

차상식은 귀신마저 부려 먹으려는 한결을 바라보며 황당하다는 얼굴이 되었다.

—…그게 말이 되냐? 난 인마, 귀신이라고. 귀신이 무슨 장부를 정리해?

'아저씨는 암기 천재니까 할 수 있어요.'

—이 새끼 진짜……. 하! 야, 인마, 세상천지에 귀신을 부려 먹는 새끼가 어디 있어?!

'여기 있지요!'

—아니, 그래도 이건 아니지! 나 드라마도 봐야 한다고!

'드라마야 나중에 실컷 보면 되죠! 이깟 일쯤이야 후딱 끝내고 집에 들어가서 소주나 한잔하면서 풀면 되지, 뭘 그리 징징거리신대?'

한결은 차상식을 잘 안다. 그는 이깟 장부 정리쯤이야 아주 가볍게 해내고도 남을 위인이었다.

다만 그 동기가 중요할 뿐.

—돈이면 귀신도 팔아먹을 놈!

'대신 OTT 프리미엄 구독권 추가.'

—…젠장, 콜!

'딜!'

차상식이 만약 인간이었다면 절대 이런 조건은 수락하지는 않았을 것이다.

하지만 지금 그는 귀신이다.

'협상의 기술 하나, 상대방의 상황을 정확하게 인지하고 이용하라! 맞죠?'

-…내가 호랑이 새끼를 키웠구나, 호랑이 새끼를 키웠어!

'큭큭큭!'

PP박스를 뜯은 한결은 장부를 두 권 펼쳤다.

한참을 그렇게 투덜거리던 차상식은 한결의 옆에 나란히 서서 장부를 읽어 내려가기 시작했다.

먼저 재무조정에 관한 보고서를 작성하기 위해 관련 자료를 훑었다.

장부를 보고 인수합병 및 금융권 여신심사에서 결격사유가 될 만한 것을 찾아내는 것이었다.

-176페이지 8번…….

'오케이! 좋아, 아주 좋아~'

이렇게 결격사유를 하나하나 찾아내 해결하면 인수합병의 비용도 줄어들 뿐만 아니라 향후 PMI에도 도움이 된다.

문제는 이 작업을 하면 할수록 IX홀딩스의 상태가 심각하다는 것을 실감하게 된다는 점이었다.

-야, 그나저나 이거 큰일이다. IX홀딩스에서 돈을 너무 많이 빼 처먹었는데?

'어디…… 아, 젠장!'

한결의 표정 역시 딱딱하게 굳어 버렸다.

가뜩이나 자회사로 손실 덤핑한 것 때문에 경영진 일부가 검찰조사를 받고 있는데 공금횡령의 정황까지 포착된다면 큰일이다.

'잘못하면 IL그룹과의 합가가 불발될 수도 있겠는데요?'

–불발이 문제가 아니지. 방영호 부회장이 IL그룹 이사회에서 잘릴 수도 있어.

'네? 갑자기 멀쩡하던 사람이 왜 잘려요?'

–저 사람이 멀쩡하다는 건 우리의 피셜이고, 검찰은 다르게 생각할 거 아니냐. 지금까지 잠룡으로 지내던 IL그룹의 대군마마가 자회사 손실덤핑을 핑계로 회사 날로 먹고 본사 이사회까지 장악하는 것 아닐까? 그런 생각이 들지 않겠어?

'근거 없는 말로 누명을 씌우면 검찰이라고 해도 책임을 면하긴 어렵지 않나요?'

–누명인지 아닌지는 검찰이 판단하는 거고.

'아!'

확실히 지금 판국에 검찰이 끼어든다면 골치가 아파진다.

아무리 대한민국 법이 솜방망이라지만 공권력은 공권력이다.

'방 부회장이 잘리면 나도 끝인데?'

–흠…….

'그럼 어떻게 해요? 이거 그냥 지워요?'

–지웠다가 나중에 발각되기라도 하면 공문서위조로 한 방에 인생 나락으로 떨어지는 거야.

'그렇다면 문서위조 말고 조금 더 신박한 방법으로 은닉하는 건요?'

–그것도 기각! 합법적으로 생각하라고, 합법적으로! 저 놈들이 불법을 저질렀다고 해서 너까지 거기에 발을 담그면 어떻게 하냐?

'아!'

–투자자가 누군가를 상대할 때는 말이다, 무조건 법의 울타리 안에서 끝을 내야 해. 그 울타리를 벗어나는 순간, 너 역시 검게 물들게 되는 거야.

'헉! 목표에 너무 매몰된 나머지…….'

–목표를 갖되 항상 한 발자국씩 떨어져서 지켜봐. 네 스스로를 객관적으로 지켜보는 거지. 그러면 내가 지금 어떻게 행동해야 할지, 그 답이 명확하게 보여.

'음!'

차상식의 조언은 한결에게 번뜩이는 영감을 주곤 한다.

어쩌면 방법이 떠오를 것도 같다는 생각이 든다.

§ § §

계절이 초여름으로 접어들었다.

땅에선 따사로운 햇볕의 향기가 아지랑이와 함께 피어났고, 아침저녁이면 널을 뛰던 날씨의 변덕도 한층 옅어졌다.

또다시 대지는 열정의 계절로 달려가고 있는 것이다.

꿀꺽, 꿀꺽!

한결은 한강공원에 앉아 소주를 연거푸 들이켰다.

"크흐!"

–죽인다, 죽여!

복잡해진 머리를 식히기 위해 오늘은 오래간만에 집으로 돌아왔다.

한결은 안주로 가져온 먹태를 고추장에 찍어 씹으면서 오늘 있었던 일들을 하나하나 정리해 보았다.

"방 부회장 일을 처리하기 전에 먼저 양촌화학을 인수하는 게 먼저겠죠?"

–순리대로라면 그렇겠지.

일단 한결은 순서대로 일을 처리하기 시작했다.

먼저 고영탁 대표에게 메시지를 보냈다.

[나 : 양촌화학이라는 회사를 인수할까 합니다. 회사의 기술특허 내용을 바탕으로 기존에 우리가 출자한 61개 회

사에 대한 추가출자를 신청하고 싶은데, 가능할까요?]

[고영탁 대표 : 지금 검토해 보겠습니다. 잠시만 기다려 주십시오]

–다음은 회사 문제인데, 방법은 생각해 봤어?

"일단 고영탁 대표가 가능여부를 판별해 오면 그때 맞춰 생각해 보자고요."

아무리 추진력이 좋아도 검토에는 시간이 필요한 법이다.

일을 던져 놓자마자 결과가 나오길 바라는 것은 도둑놈 심보다.

–야, 그나저나 먹태는 원래 소맥인데, 소맥이나 마실까?

"소맥 좋네요!"

한결은 대충 자리를 갈무리해 놓은 다음 바로 앞 편의점으로 들어갔다.

냉장고 앞에 선 한결은 캔맥주 쪽으로 손을 뻗었다.

–야, 야, 맥주는 병맥이지, 인마!

'병맥? 에이, 맥주는 캔맥이죠!'

–거참, 이놈이 뭘 모르네! 내가 주류회사 대주주였던 거 말했던가?

'헐! 무슨 문어발이셨나. 어떻게 손을 안 댄 사업이 없어요?'

-투자자는 살다 보면 뭐 이런 거 저런 거 다 손대기 마련이지. 아무튼 간에 맥주는 병맥!

'…하여간 노인네 꼬장꼬장하긴!'

-뭐, 인마?!

한결은 냉장고에서 병맥주를 꺼내 계산대에 올려놓았다.

카드로 계산을 하면서 한결이 차상식에게 물었다.

'그나저나 무슨 주류회사 주식을 그렇게 샀어요?'

-대한민국 최고의 복지가 뭐냐?

'건강보험?'

-아니, 네 캔에 만 원!

'아! 아아, 뭐 그렇긴 하죠!'

-한때 박리다매로 매출을 올리던 맥주회사의 주식을 대량 매입해서 이득을 좀 봤지. 아마 어딘가에는 그 조각도 남아 있을걸?

병맥주를 사 가지고 나와 한강 변에 앉은 한결은 마저 술을 마시기 시작했다.

바로 그때쯤 메시지가 도착했다.

[고영탁 대표 : 저희들이 방법을 찾아보니 아무래도 양촌화학 단독으로는 불가능할 것 같고, 차라리 특허 유니온 방식으로 펀드를 조성하는 게 어떨까 싶습니다만]

[나 : 펀드 좋네요.]

[고영탁 대표 : 펀드 설립요건은 당장 갖출 수 있고, LP 모집이라든지 협회 자금을 유치할 수 있을 만한 매력적인 회사 31개도 후보에 있습니다. 한번 보시고 GP로 나서 주신다면, 저희들이 펀드 설립으로 자금을 모집해서 기존 61개 부품회사에 대한 투자출자도 지원해 보겠습니다]

[첨부파일 : 31개]

"와! 역시 빠르네!"

-이게 바로 짬에서 나오는 바이브라는 거 아니겠냐?

한결은 고영탁 대표가 첨부해 놓은 파일을 다운로드 받아 열어 보았다.

보고서는 31개, 모두 회사의 정보와 호재에 대한 정보를 모아 놓은 것이었다.

한결은 그중에서 첫 번째 파일을 클릭했다.

[한덕화학]

[주력사업 분야 : 내장재]

[주요 특허 : 내연성 물질, 보온, 탄성, 내구성 관련 특허]

[특허 및 로열티 대출내역 : 나일CKC, 옥선건축화학…]

[특이사항 : 5년째 자금경색…]

"처음부터 제법 강렬한 포스를 풍기는데요?"

-내장재는 당연히 불이 잘 붙지 않고 따뜻하며 튼튼한 것이 최고지!

한덕화학은 단독으로 수출사업에 뛰어들었지만, 사업이 잘 안 풀려서 뛰어난 기술을 이용한 로열티 전략으로 회사를 가까스로 유지하고 있었다.

한마디로 지적재산권이 회사의 유일한 캐시 카우 역할을 해 주고 있다는 뜻이었다.

"자금만 수혈해 주면 금방 살아나겠는데요?"

-펀드 내 매칭으로 생산라인까지 잡아 주면 대박이 날 수도 있는 거고!

곧바로 다음 파일을 클릭했다.

[고덕C&C]

[주력사업 분야 : 외장재]

[주요 특허 : 건축 분야 실리콘, 우레탄, 콘크리트]

[특허 및 로열티 대출내역 : 나일CKC, 옥선건축화학…]

[특이사항 : 심각한 자금경색으로 은행관리가 언급되고 있음…]

"이 회사도 한덕화학이랑 같은 처지에 놓여 있네요."

-자금경색이라…….

31개 회사들 전부 로열티로 먹고사는 형편이었다.

그동안 지속되어 온 불경기에 적응하지 못한 채 공장을 잃고 자체적으로 보유한 기술력에 의지해 로열티 장사를 하면서 간신히 사세를 유지하고 있는 것이었다.

"이 정도면 회사가 아니라 연구소 수준 아니에요?"

-하지만 여기에 자금이라는 기름만 부어 준다면, 경쟁력은 충분하지.

"아니, 어쩌면 저번보다 훨씬 더 경쟁력 있는 생산체계가 확립될 수도 있는 거 아닌가요?"

생각해 보면 이전의 생산체계보다 지금은 훨씬 더 많은 참여 기업이 유입될 것이고 특허와 노하우, 인력까지 더해진다면 보다 높은 효율성을 갖게 된다는 뜻이었다.

"좋은데요."

-그럼 뭐, 31개 회사 통으로 굴려 보자! 설마하니 죽기야 하겠냐?

"오케이, 고! 못 먹어도 고!"

이것으로 한결은 돌아올 수 없는 강을 건넌 것일 수도 있다.

하지만 지금으로선 이것이 유일한 방책이기도 했다.

[나 : 31개 회사, 전부 투자해서 시너지 창출하는 쪽으로 가시죠]

[고영탁 대표 : 알겠습니다. 그럼 GP님 이름으로 제네럴 파트너 신청하겠습니다]

이로써 또 하나의 펀드가 탄생하게 되었다.

이제부터 한결은 투자귀신으로서 또 한 번의 큰 싸움을 벌이게 될 것이었다.

§ § §

간밤의 숙취를 한결은 운동으로 풀어냈다.

"후욱! 후욱!"

헬스장에서 로잉머신을 타면서 쌓인 숙취를 몸 밖으로 밀어냈다.

–이놈은 해장도 운동으로 하네? 그래도 되는 거야?

'잠을 푹 잤고, 수분도 충분히 마셔 줬으니까 괜찮아요! 그리고 뭘 이 정도 가지고 해장운동이라고 해요?'

이론대로라면 음주 전후로는 운동을 삼가는 것이 좋다. 간에 부담을 줄 것이 분명하기 때문이다.

하지만 음주 다음 날의 컨디션만 괜찮다면 수분보충을 잘해 준다는 전제하에 평소보다 강도를 확 낮춰서 운동을 해 주는 것은 오히려 도움이 될 수도 있다.

딩동!

한참 땀을 흘리던 한결은 한 통의 메시지를 받았다.

[엔젤협회 마영준 간사 : 신청하셨던 31개 회사들에 대한 매칭이 진행 중입니다. 완료되면 말씀드리겠습니다]

'오케이, 일단 또 한 건 시작했고!'

-역시 마 간사가 일처리 하나는 정말 잘해. 탐나는 인재 아니냐?

'나중에 얼굴 까고 투자업 시작하면, 그땐 정말로 스카우트 하고 싶다는 생각은 들어요.'

한결은 엔젤협회를 통해 공식적으로 건자재 원천기술회사 31개에 대한 펀딩을 시작했는데, 적당한 규모의 LP들이 모이게 되면 동백숲에게도 이 사실을 전할 생각이다.

'동백숲이 해외에서 자본을 끌어 왔으니 LP들과 힘을 합쳐서 31개 회사를 하나로 묶어 준다면, 도메르노를 인수했다는 그 이탈리아 코쟁이들이랑도 한판 크게 붙을 수 있겠죠!'

-PMI 계획은 있고?

'물론이죠!'

-오호?

PMI(post-merger integration), 즉 인수 후 통합과정은 M&A에서 가장 중요한 부분이라고 할 수 있다. 인수한 회사를 통합해서 시너지를 낼 수 있도록 조율하는 것이기 때문이다.

한결은 차상식의 교육을 통해 그것을 확실히 체득했다.

'이제 저도 딱지 정도는 떼야 하지 않겠어요? 아저씨랑 함께한 시간이 얼마인데.'

-뭐, 그건 그렇지.

헬스장에서 씻고 나온 한결은 IX홀딩스가 아닌 한택글로벌로 향했다.

인수 후 통합과정을 위한 일감을 만들 생각인 것이다.

'일단 먹을 게 있어야 통합도 되죠.'

-오호, 공통된 목표를 만들어 준다? 나쁘지 않네.

이제 한택글로벌은 한결의 든든한 지원군이다.

한결은 한택글로벌이 위치한 을지로로 향하는 길에 전미윤에게 전화를 걸었다.

-네, 신 상무님!

"잘 지내시죠?"

-그럼요! 그나저나 아침부터 어쩐 일이세요?

"다름이 아니라……."

한결은 31개 회사에 대한 일자리 창출을 거론했고, 전미윤은 마침 좋은 건수가 있다며 한결에게 소개해 주겠다고 했다.

-일단 만나서 얘기할까요?

"안 그래도 그쪽으로 가고 있습니다."

-지금 오고 있다고요?

"이제 막 출발하려던 참입니다. 회사로 가면 됩니까?"

-나도 이제 출근하는 길이니까 회사에서 만나면 되겠네요. 로비에는 내가 말해 둘 테니 방문자 주차장에 차를 대세요.

"그럼 이따가 봅시다."

손발을 맞춰 본 경험이 있어서 그런지 전미윤과는 조금 편해진 느낌이다.

아마도 오늘은 아시아 물류시장에 대한 추가계약 협상을 진행할 것인데, 그녀는 이 부분에 대해 뭔가 중대한 프로젝트를 논의할 것으로 보인다.

§ § §

한택글로벌 본사에 도착하자 전미윤이 마중 나왔다.

"승진 축하드려요!"

"이게 다 전 차장님 덕분이죠."

"저도 이제 차장 아니에요. 부장으로 승진했거든요."

"축하드립니다!"

전미윤은 이제 아시아의 물류를 관리하는 통합물류관리부의 부장으로 승진했다.

최근 한택글로벌도 시대의 흐름에 맞는 젊은 관리자들을 대거 채용하고 있는데, 전미윤도 그런 인사 기조에 맞게 내정된 것이었다.

'부장 승진이라……. 그럼 우리에게는 아주 좋은 기회 아니에요?'

―악어와 악어새 관계로는 정말 최고의 호재지.

전미윤은 한결을 안내해서 본사 건물로 들어섰다.

그러자 기다리고 있던 사람들이 눈에 들어왔다.

"어서 오십시오. 기다리고 있었습니다."

"환대에 감사드립니다."

"일단 회의실로 가시죠!"

이 정도면 환대를 넘어 뭔가 치밀한 계획이 있는 것이 아닌가 싶은 생각이 든다.

한택글로벌에서 준비한 회의실은 8층에 마련되어 있었고, 그곳에는 각종 분야의 전문가들이 전부 모여 있었다.

한결은 그들에게 반갑게 인사를 건넸다.

"IX홀딩스의 신한결 상무입니다. 반갑습니다!"

"우리 동맹의 선봉장께서 오셨군요! 어서 앉으시죠."

한택글로벌이 한결을 특별하게 생각하는 것은 어쩌면 너무도 당연한 일이지만, 그럼에도 오늘의 분위기는 뭔가 달랐다.

회의실에 마련된 자리에 앉은 한결에게 전미윤은 놀라운

얘기를 해 주었다.

"얼마 전, IX홀딩스가 건자재 관련 소송으로 골머리를 앓는다는 얘기를 듣고 우리도 뭔가 반면교사 삼아 기존의 물류라인을 재점검하고 동맹의 일원을 도와줄 수 있는 방법을 강구해 보자는 얘기를 했었습니다."

"어! 저희들을 도와주시려고요?"

"당신들이 우리를 도와주셨던 것만큼 우리도 의리를 지키려는 겁니다."

실로 감동적인 얘기가 아닐 수 없었다.

한택글로벌은 한결이 자신들을 두 번이나 도와주었던 것을 잊지 않고 있는 것이었다.

−네가 진짜 인복이 있기는 하구나.

'……와, 이건 진짜 생각도 못 했네.'

전미윤은 한결에게 자신들이 짜낸 프로젝트에 대해 설명하기 시작했다.

"IX인터가 납품해야 할 건자재의 양을 한화로 환산하면 거의 3천억에 육박합니다. 만약 이 3천억의 건자재를 납품하지 못했을 경우 발생하게 될 클레임까지 생각하면 물류체계를 조금 바꿔서 효율성을 높여야 한다는 결론이 나왔죠. 해서 여덟 명의 관세전문가들이 머리를 맞대고 짜낸 결과, 수입처 다변화를 통해 원자재를 한국으로 들여오고, 그것을 가공해서 해외로 보낼 수 있는 루트를 만들어 냈습니다."

"원자재… 가공?"

"원자재를 해외에서 1차로 가공하면 HS 코드상으로는 미국 상무부가 지정한 관세종목에 포함이 되지 않습니다. 그래서 한국은 물론이고 아시아, 심지어는 미국까지 수출이 가능한 상태가 되는 겁니다."

"어? 이거……."

전미윤은 슬그머니 미소를 지었다.

그녀는 일전에 한결이 했던 전략을 살짝 비틀어서 사용하고 있는 것이었다.

"어때요? 괜찮은 전략 같아요?"

"멋지네요! 지금으로선 최선의 방책이라고 할 수 있겠어요!"

한택글로벌의 관계자들은 한결을 바라보며 뿌듯한 미소를 지었다.

"자, 그럼 신 상무님이 말씀하셨던 31개의 특허 회사들의 지적재산권을 현지의 생산회사들에 할인해서 넘겨주기만 하면 프로젝트는 끝나는 겁니다."

"할인이야 얼마든지 가능하죠!"

이제 난타전에 쓸 무기를 손에 넣기 직전이다.

제2장
반격

한결이 IX인터의 마르티나 기조르노에게 장담한 일주일 중 사흘이 지나갔다.

[엔젤협회 마영준 간사 : 매칭 완료되었습니다. LP들 중에서 25명이 참여의사를 밝혀 최대 1,260억의 출자가 가능할 것으로 보입니다]

“오케이, 하나는 끝났고!”

-판이 점점 커지기 시작했군?

주사위는 던져졌다. 이제는 앞만 보고 달리면 되는 것이다.

한결은 이제 GP로서 가장 중요한 거대 LP를 판에 끌어들일 것이다.

[나 : 동백숲과 직접 얘기해 보고 싶은데, 가능할까요?]

[AIB 제임스 스와든 : 알겠습니다. 성공시대 어플로 대화할 수 있게끔 조치해 놓겠습니다]

"아참, 애초에 성공시대 어플로 메시지를 보냈다고 했었죠. 그럼 이 사람은 주식시장에서 활동하는 기관투자자인 건가?"

-기관? 그렇게 생각하는 이유가 있어?

"뜬금없이 미국 유명 사모펀드의 투자금을 끌어 왔다는 것부터가 그렇잖아요. 일반인은 실행조차 하기 힘든 일이죠."

-음… 뭐, 그건 그렇지.

"확실한 건 보통 인물이 아니라는 점이겠네요."

-그래서, 감상평은 어떤데?

한결은 피식 웃음을 지었다.

"에이, 벌써 그런 게 어떻게 나와요? 이제 메시지 몇 번 주고받은 게 전부인데."

-흐흐, 그런가?

묘하게 능글맞은 웃음을 짓는 차상식의 모습에 한결은 고개를 갸웃거렸다.

"왜 그렇게 웃어요?"

-뭐가? 내 웃음이 어때서?

"마치 변태 같잖아요.

—…이 새끼가! 변태라니, 인마!

"큭큭큭!"

저 웃음이 마치 팔불출을 보는 것 같다는 느낌이 드는 건 왜 일까?

잠시 후, 제임스 스와든이 메시지를 보내왔다.

[AIB 제임스 스와든 : 지금 메시지 보냈다고 합니다. 대화 나누시고 혹시나 필요하신 거 있으시면 연락 주십시오]

[나 : 네, 알겠습니다. 고맙습니다]

[AIB 제임스 스와든 : 아참, 그리고 로웰투자신탁은 이제 합병 마무리되었습니다. 관련 서류는 창고로 보낼까요?]

"드디어!"

—이 새끼들, 이제 마음 놓고 배를 갈라 볼 수 있겠군!

인트펀드의 숨겨진 진실로 향하는 퍼즐조각 하나가 두 사람 앞에 떨어졌다.

하나 차상식은 서두르지 않는다.

—일단 저 아줌… 아니, 동백섬이라는 사람과의 대화부터 마무리해 보자고.

"섬 아니고 숲이요."

—아, 그랬나?

"이 아저씨 좀 이상하네. 왜 유난히도 동백숲이라는 단어만 나오면 그렇게 넋 빠진 사람처럼 굴어요?"

—에이, 넋이 빠지다니. 내가 넋인데 넋이 빠지면 어떡하냐?

"아, 큭큭! 그건 또 그러네?"

차상식은 키득거리는 한결을 보며 가슴을 쓸어내렸다.

—휴우!

'네? 뭘요?'

—응? 아무것도 아니야!

§ § §

동백숲은 말투부터가 아주 엘레강스한 사람이었다.

[동백숲(LOVE19950101) : 명성은 익히 들었어요. 언젠가는 합작투자를 해 보고 싶다는 생각을 했었는데, 이렇게 기회가 닿았네요? 서로에게 좋은 기운을 나눠 줄 수 있을 것이라고 믿어요]

"음! 동네에 한 명쯤은 있는 아주 엘레강스한 아주머니를 보는 것 같네요. 굳이 말하자면 귀부인?"

—귀부인. 음, 뭐 확실히 그런 느낌이긴 하지.

"저 아이디도 봐봐요. 러브라잖아요. 남자라면 절대 쓰지 않을 아이디죠."

한결은 생각보다 추리력이 좋았다.

다만 이상한 쪽으로 눈치가 없다는 것이 좀 아이러니하달까?

—이 새끼 이거 일부러 저러는 건가?

"네? 뭐가요?"

—아니야, 너 예쁘다고.

"…뭐라는 겨. 점심에 이상한 걸 드셨나."

한결은 계속해서 그녀와의 대화를 이어 나갔다.

[나 : 너무 갑작스럽긴 해도 탈중국 자본에 대한 투자를 진행한다는 것이 인상 깊었고, 세계적인 사모펀드를 끌어오셔서 놀랐습니다]

[동백숲(LOVE19950101) : 세계적인 사모펀드라……. 네, 맞는 말이긴 하죠. 대표이사가 좀 개차반이라서 그렇지]

[나 : 개차반? 인성이 그렇게 안 좋습니까?]

[동백숲(LOVE19950101) : 어머, 내가 그렇게 적었네요, 나도 모르게]

"음? 이 사람 좀 이상한데요? 처음 보는 사람한테 대표 뒷담화를 까네요."

–호박씨를 깔 만하니까 까겠지.

"아참! 아저씨는 엘버트 가르시아를 잘 안다고 했죠! 음, 그 사람 인간성이 그렇게 별로예요?"

–아, 뭐…… 쓰레기까진 아니고, 그냥 괴팍하다 정도?

"그런데 묘하게 저 아줌마도 엘버트 가르시아에 대해 잘 아는 것 같은 느낌이 드네요?"

–어? 음, 뭐 그럴 수도 있지.

한결은 별 대수롭지 않게 넘기곤 채팅에 집중했다.

[나 : 어쨌거나 투자규모는 얼마나 생각하고 계십니까?]

[동백숲(LOVE19950101) : 아이템만 괜찮다면야 규모는 얼마가 되든 출자할 생각이 있어요. 심지어 천억 단위까지도]

"우와! 통 큰데요?"

–큭큭, 크지! 암!

"천억 단위라……. 투자금으로 그만큼 출자할 수 있는 사람이 얼마나 되나? 보통 큰 LP가 아닌 것 같은데?"

투자금이라는 것은 수익률을 좇기 마련이다.

하지만 원금보전을 생각하지 않을 수가 없다.

통이 크다는 건 그만한 배포를 받쳐 줄 만한 재력이 있다는 뜻이다.

[나 : 투자기획안을 만들어 놨는데, 읽어 보시겠습니까?]
[동백숲(LOVE19950101) : 그럼 그럴까요?]
[나 : 지금 보내겠습니다]
[첨부파일 : 1개]

한결은 지금까지 진행된 투자와 투자에 대한 배경, 그리고 LP들의 명단까지 세세하게 적어서 기획안을 작성했다.

과연 그녀는 어떤 감상을 내놓을지 한결은 기대가 되면서도 걱정도 되었다.

LP만큼 설득하기 까다로운 사람도 없다던데, 그녀는 메신저에서 보이는 단어 하나하나에서 보통 인물이 아니라는 생각이 든 것이다.

딩동!

"왔다!"

한결은 잠시 멍해져 있다가 그녀가 보낸 메시지에 즉각 반응했다.

[동백숲(LOVE19950101) : 기획 자체는 나쁘지 않네요. 미국계 자산가들이 좋아할 만한 아이템이기도 하고요. 하

지만 딱 거기까지입니다. 나쁘지 않은 기획일 뿐이지, 내 돈을 투자하고 싶다는 생각은 들지 않네요]

[나 : 메리트가 부족하다는 말씀이십니까?]

[동백숲(LOVE19950101) : 메리트가 부족하다는 것은 여러 가지 의미를 내포하고 있죠. 스스로 한번 잘 생각해 보시길 바랍니다]

"…생각보다 혹평이네요."

-뭐, 아주 틀린 말은 아니네.

"그나저나 진짜 칼 같네요. 어디가 문제인지 정도는 알려 줄 수 있는 거 아닌가요?"

-때론 스스로 답을 찾는 게 더 빠를 때가 있지, 누가 알려 주는 것보단 말이야.

"그런 건가? 어째 숙제검사를 맡는 느낌이네. 혹시 아저씨가 누구한테 과외 부탁했어요? 꼭 그런 느낌인데?"

-…귀신이 어떻게 과외를 맡기냐? 말이 되는 소리를 해라!

"크큭, 그건 그러네요!"

-후! 새끼, 하여간 이상한 데서 날카롭단 말이야?

"네? 뭐가요?"

-…아니야, 아무것도.

가슴을 쓸어내리는 차상식을 뒤로한 채 한결은 자신의 기획안을 다시 한번 점검하기 시작했다.

§ § §

한결은 이른 아침부터 전산기록실을 찾았다.

이곳은 전산과 종이기록지가 저장되어 있는 IX홀딩스의 심장부라 할 수 있다.

사무실로 출근하는 대신에 한결이 이곳을 찾은 이유는 바로 정보수집 때문이었다.

"메리트가 부족하다? 다시 말해 준비가 아직 덜되었다는 뜻이겠죠. 숲 아래의 뿌리를 보라. 그 말을 지금 상황에 대입하면, 정보수집 단계부터 착실하게 수정해야 한다는 뜻 아닐까요?"

—내 가르침을 잊지 않았군. 음, 좋아!

한결은 그 어떤 순간에도 차상식의 가르침만큼은 잊지 않았다.

차상식의 가르침이 진리라곤 할 수 없어도, 왕도에 가장 가까운 것은 사실이었기 때문이다.

일전의 가르침대로 심연 깊숙한 곳으로 들어갔다.

우선 배경의 정보부터 다시 확인했다.

"지금은 달러화의 가치가 가파르게 올라가는 시기죠?"

—미국이 긴축을 시작했으니 당연한 일이겠지.

"하지만 한번 올라간 유가가 상향 평준화가 되어 버려서 사실상 원자재 가격이 하락을 한다고 하더라도 산업에 크게 도움이 될 정도는 아니겠죠?"

–음!

"그런 상황에서라면……."

엉뚱한 곳에서 눈치는 느리지만, 숫자와 투자에 관해선 절대 그렇지 않았다.

한결은 보고서에서 빠진 부분이 무엇인지 알아챘다.

이 기획의 핵심은 이탈리아 자본가들과 아시아 진출을 두고 벌이는 싸움이었다.

당연히 통화 기조에 대해 알아야 한다.

"통화 기조가 중요하겠네요! 이탈리아 정부가 현재 미국과 어떤 관계인지, 그것부터 자세히 들여다볼 필요가 있었던 거예요!"

스승의 가르침을 바탕에 깔아 놓은 채로 다시 정보를 분석하기 시작했다.

그러자 이번에는 판이 전혀 다르게 보였다.

[대 이탈리아 수출규모 변화 보고서]

[수출총액 추이 : 5.9%▼]

"요즘 유로존 경기가 회복세라고 하던데, 이탈리아는 예외인 건가요?"

–그런 국가들이 몇몇 있지. 독일이라든지 오스트리아라

든지.

"뭐지? 미국 실물경기가 좋아지고 있는데, 어째서 그런 걸까요?"

한결은 이탈리아의 경기침체가 과연 어떤 수준인지 자세히 알아보기로 했다.

이번에는 IX인터의 자료실에서 이탈리아 지사의 매출과 순이익, 그리고 반품 및 재고수량을 확인해 보기로 했다.

"물건이 얼마나 팔렸는지, 그리고 이윤은 얼마나 되는지 조사하다 보면 도대체 왜 이런 일이 벌어지고 있는지 알 수 있겠죠!"

굳이 국가의 통계에 의존할 필요 없이 무역회사의 매출 기준만 보더라도 경제지표를 만드는 것은 어렵지 않다.

[총매출 : −14.6%]
[순이익 : +3.99%]
[반품수량 : +3.45%]
[재고수량 : +5.85%]
[수입규모 : +3.09%]

"총매출은 줄었는데 순수익은 늘었다……. 반품과 재고 모두 늘었지만, 한국으로 수입한 규모 역시 늘었다……. 뭔가 아이러니한데요."

-최근 유로존의 상황이 별로 안 좋기는 했지. 아무래도 원자재 가격도 그렇고 에너지 가격 상승도 그렇고, 유럽에 이렇다 할 호재가 없었어.

"국제경제위기 이후에 장기침체 국면을 타개할 뭔가가 없는 거군요! 그렇다면 순수익이 늘어나는 것도 이해가 돼요. 왜냐? 이 정도면 임금수준이 많이 내려갔을 테니까!"

임금은 기업의 직접적인 순수익과도 직결되는 문제이다.

한결은 당장 이탈리아 지사의 임금 지급현황에 대해 알아보았다.

[검색어 : 이탈리아 지사 임금 지급 통계]

[…1/4분기 임금 지급률 : -5.7%]

"인원감축에 실질임금 절하까지 겹치니 일시적으로 비용 저하가 발생하겠죠!"

-혼자서도 잘 찾는구나, 야!

"기업계가 이 정도면, 남유럽에 투자되었던 자금들이 탈유럽을 위해 아시아로 온다고 해도 이상할 것이 없겠네요!"

-탈유럽이라……. 단어 선택 좋은데?!

투자현황이 좋지 않으면 그 어떤 국가도 투자금 유출에서 자유로울 수 없다. 심지어 천하의 미국조차도 시장이 불안하면 투자자들의 이탈이 심화된다.

한결은 여기에 최근 이슈였던 유럽 은행권들에 대한 최고의 악재를 더해 보았다.

[…유럽 은행권, 횡재세 도입 논란…]

"우리가 일전에 예상했던 그 부분이 문제가 되는 거네요."

—뭐, 그런 논란은 긴축이 시작된 시점부터 나왔었지.

"만약 그렇다면 지금 이 모든 상황들을 이해시킬 수 있죠. 이탈리아에 투자되었던 자금이 이제는 메리트를 잃고 아시아로 진출하려는데, 막상 인프라 자체가 거의 미비한 상황이잖아요? 왜냐하면, 아시아는 지금 아세안 동맹의 결성으로 서로 밀어주고 당겨 주는 분위기가 강하니까요. 실제로 IX홀딩스만 보더라도 그런 기조에 편승해서 이익을 올릴 때가 많았잖아요?"

한결은 이탈리아 투자세력들의 '밥그릇'에 시선을 집중했다.

"이 새끼들이 지금 유럽에서는 먹을 게 거의 다 고갈되었다 싶으니까 신흥국 시장을 기웃거리기 시작한 겁니다! 한마디로, 저놈들은 탈유럽을 감행한 세력이라는 뜻이죠!"

—그러니까, 탈유럽 자금을 사냥한다는 대의 천명이다?

"네, 그런 거죠!"

차상식은 회심의 미소를 지었다.

-많이 늘었군!

§ § §

뜻밖의 보고서를 받은 로한나 쿠스버트는 흥미롭다는 듯 한쪽 입꼬리를 올렸다.

"탈유럽?"

"요즘 유럽 쪽 분위기가 상당히 나쁘긴 합니다."

"저번에는 탈중국을 얘기했는데, 이번에는 오히려 탈유럽이라는 호재를 가져오다니?"

"호재이긴 한데, 그것도 신한결 씨가 이탈리아 자본가들과 싸워서 이긴다는 가정하에 호재가 되는 거죠."

로한나 쿠스버트도 한결이 엔젤협회와 어떤 협상을 했는지 대충 알고 있었다.

다만 그다음 수가 뭔지는 아직 밝혀지지 않았다.

과연 한결이 어떻게 대응할지, 그녀는 다음 수가 궁금하지 않을 수 없었다.

로한나는 곧장 메시지를 보냈다.

[나 : 이번 대응, 흥미롭군요. 하지만 현재 도메르노의 특허권이 이탈리아 사모펀드에게 먹혀 특허권을 회수하지

않으면 곤란한 상황 아닌가요?]

[투자귀신 : 전혀 곤란하지 않습니다. 특허권도 회수하지 않을 것이고요]

로한나는 고개를 갸웃거렸다.

"…특허권을 회수하지 않는다는데?"

"특허권을 회수하지 못하면 도대체 어떻게 건자재를 수출하겠다는 것인지 모르겠군요. 아무리 31개 회사들을 이리저리 조합해서 만든다고 해도 생산에 시일이 소요되는 것은 당연한 일인데 말입니다."

지금이라도 건자재를 만들고자 마음먹는다면 못 만들 것도 없다. 문제는 시간이었다. 일단 초도물량을 회전시켜 놓고, 그다음 남은 물량을 만들어서 서서히 밀어내야 IX홀딩스와 함께 극상의 시너지를 낼 수 있기 때문이다.

하지만 한결은 뜻밖의 답을 내놓았다.

[투자귀신 : 이탈리아의 은행들과 직접 협상을 볼 겁니다]

[나 : 협상이라니요? 지금 당신은 이탈리아와 아무런 관련도 없는 사람이잖아요?]

[투자귀신 : 이탈리아 은행채를 구입할 겁니다. 그리고 그것을 상환하는 대신에 프란체코 컴퍼니의 채권으로 대환하는 거죠]

한결의 대답은 아마도 이탈리아 횡재세와 관련이 있을 것이었다.

"최근 유럽의 투자 흐름은 금융과 에너지 회사에 몰리고 있어. 하지만 은행들에게 횡재세를 부과한다는 얘기가 나오자마자 주가는 빠르게 떨어지고 있지."

"그런 상황이라면 악성 채권을 조금이라도 빨리 해결하려 하겠군요."

"그렇지! 안 그래도 불안한 경제상황 속에서 횡재세 이슈까지 겹친다면 미국계 은행들이 자산회수를 단행하려 할 텐데, 그때 위험도가 높은 채권까지 가지고 있다면 최악의 한 해를 경험하게 될 수도 있겠지."

"…상황을 아주 영리하게 이용할 줄 아는 청년이로군요."

"그렇지? 마치 그이처럼 말이야."

비록 아직은 어딘가 모르게 어설픈 점이 많았지만, 그래도 나름대로 투자귀신의 명성에 먹칠하지 않을 정도의 유연한 투자기술을 보여 주고 있었다.

로한나는 한결의 프로젝트가 마음에 들었다.

"투자, 결정하도록 하지."

"투자금은 얼마나 주실 생각입니까?"

"시작은 가볍게 1,000억부터 가 볼까?"

"…1,000억은 너무 큰돈 아닙니까?"

"리틀 차상식을 키우는 일에 1,000억이 대수겠어?"

비서실장 로버트 박은 로한나의 통 큰 결정이 약간은 걱정되었다.

하지만 지금으로선 어쩔 도리가 없었다.

‘신한결이라는 청년의 행보가 차상식 회장과 너무 많이 닮았어. 그래서 대표님께서도 이렇게 흔들리시는 거겠지. 하지만 아직은 여물지 않은 전술을 구사하는 새끼 호랑이에 불과해. 이렇게 큰돈은 자칫 독이 될 수도 있을 텐데…….’

걱정이 꼬리에 꼬리를 무는 로버트 박에게 로한나는 웃으며 한마디 해 주었다.

“내가 아직 머리에 피도 안 마른 청년에게 과한 투자를 한다고 생각하는 거지?”

“…아닙니다.”

“괜찮아. 그래서 망가질 사람이라면 여기서 손절하는 것이 맞으니까.”

“그렇다는 것은, 이 또한 테스트란 말씀이십니까?”

“당연하지. 아무리 뛰어난 스승에게서 사사 받았다 해도, 그것을 체득하는 것은 스스로의 노력이 있어야 해.”

절기를 전수받은 풍운아에게 과연 천하제일검이 될 수 있는 자질이 있는지 시험하겠다는 것이다.

로버트 박은 그제야 보스의 결정이 이해가 되었다.

“자질은 있되 발전이 없는 사람은 거둘 필요가 없다…….”

“그이의 철학이잖아, 꾸준한 발전. 느리더라도 조금씩

달리는 끈기가 있는 자는 실패하지 않는다."

과연 신한결이라는 인간이 어디까지 성장할지, 로버트 박은 문뜩 궁금해졌다.

§ § §

이탈리아 루베로노 은행의 은행채 600억을 인수한 한결은 곧바로 사건의 원흉인 프란체코 컴퍼니를 공격하기 시작했다.

이탈리아 시중은행이 프란체코에게 자금회수 압박을 하도록 '특허무용'으로 인한 지적재산권 계약해지 가처분을 신청한 것이다.

[홍익 문병선 변호사 : 계약해지 가처분으로 루베로노 은행에서 당장 프란체코 컴퍼니의 어음을 회수할 예정이라고 합니다]

"오케이! 잽 들어갔고! 나이스샷!"

–잘 통했구나.

"루베로노 은행이 머리에 총 맞지 않은 이상, 우리가 특허무용으로 지적재산권 계약을 해지한다는데 굳이 어음을 손에 쥐고 있을 이유가 없겠죠!"

-그나저나 프란체코 컴퍼니라는 것들이 항복을 할까?

"어차피 한 방에 항복할 것이란 생각은 안 해요. 양아치 새끼들이 원래 명줄이 긴 법이잖아요."

-큭큭, 이제 드디어 악인들을 팰 때의 손맛을 느끼기 시작한 건가?

"까불면 걍 뚜까 패 버려야지. 그걸 그냥 봐주면 나만 손해더라고요."

한결은 이젠 프란체코 컴퍼니가 어떤 생각을 가지고 움직일지 대충 예상이 되었다.

저들은 지금 한화 500억의 특허권을 가지고 IX홀딩스 전체를 뒤흔들었지만, 오히려 그 특허권 때문에 목이 졸리게 생겼다.

한결은 이제 루베로노 은행이 프란체코를 쥐포로 만들어 버릴 때까지 기다리기만 하면 된다.

"자, 그럼 공 대표가 시킨 일이나 좀 마무리해 볼까요?"

-아참, 그래, 그 손실금 위장 협의에 대한 아이디어는 좀 생각해 봤어?

"내가 곰곰이 생각해 봤는데 말이죠. 아무리 생각해도 이게 위기라곤 생각되지 않는단 말이에요?"

-위기가 아니면?

"과연 IL그룹 이사진들 중에 IX홀딩스 자금에 손 안 댄 사람이 몇이나 될까요?"

—…………뭐?

"손실금 위장에 대한 배임 혐의로 부회장을 엮는다? 그럼 나는 저 새끼들을 전부 공금횡령으로 감방에 처넣을 건데요? 아마 그럼 IL그룹에 남아나는 이사진은 없을 겁니다!"

차상식은 회심의 미소를 지었다.

—크흐흐! 헛배우진 않았군!

"이 좋은 기회를 어떻게 날려 먹습니까? 잘 이용해서 순혈주의인지 지랄인지 하는 새끼들 엿 좀 먹여 줘야지!"

—잘만 풀리면 나중에 퇴직금으로 어마어마한 걸 얻어 낼 수 있을 것 같은 생각이 들지 않냐?

"원래 내가 제사보다 잿밥에 관심이 많은 놈이라서요. 그런 생각은 진즉에 하고 있었죠!"

—좋아, 아주 좋아!

한결에게 맹목적인 충성이라는 단어는 존재하지 않는다. 필요에 의해 손을 잡을 뿐이다.

"먹을 게 많으니 일할 맛이 나네! 그럼 이걸 보고서로 엮어서 공 대표에게 올리면 되는 거겠죠?"

§ § §

다음 날 아침.

한결은 IX홀딩스 재무자료를 정리해서 공 대표에게 제출했다.

자료를 읽어 보는 공 대표의 표정은 그야말로 시시각각 변해 갔다.

"…이건 그야말로 줄초상이 나도 이상하지 않을 정도인데?"

"지금까지 IX홀딩스를 좀먹었던 사람들은 하나도 빠짐없이 처벌을 받게 되겠지요."

"눈치가 없나? 이런 건 알아서 좀 걸러내고 그러지 그랬어."

공 대표도 사람이다. 자신에게 불리한 자료는 숨기고 싶은 것이 솔직한 심경일 것이었다.

하지만 그는 뛰어난 기업가다.

"…라고 말할 줄 알았겠지? 하하하! 아주 좋은 아이템 하나를 얻었군!"

"대표님?"

"자네도 알고 가져온 거잖아? IX홀딩스의 손실금이 IX인터로 넘어갔다는 것. 그리고 경영진들이 자잘한 손실을 숨기면서 돈을 야금야금 빼먹었다는 것. 그걸 과연 IL그룹에서 몰랐을까?"

공 대표는 본인의 심경이야 어떻든 간에 IX홀딩스의 취약을 IL그룹 이사회에 먹이려는 장황한 플랜을 떠올리고 있었다.

'뭐야, 이 양반은 아예 장부가 나오길 기다리고 있었던 거네요?'

―큭큭큭! 그럼 그렇지. 뭔가 알면서도 모른 척을 했다는 것부터 이상하긴 했어.

'와…… 괜히 되지도 않는 의심을 했다가 개 쪽 당할 뻔 했네!'

―이래서 사람이 혓바닥을 잘 간수해야 하는 거야. 알겠냐?

'네, 싸부!'

이건 한결 역시 인정하지 않을 수가 없었다.

사람 관계에서 처세술은 중대 사항이다.

"뭐, 아무튼 간에 수고 많았어. IL그룹이랑은 내가 알아서 해결 잘 볼 테니까 자네는 이제 건자재 수출 건이나 잘 마무리해 주면 될 거야. 그나저나 그 일은 잘 풀리고 있나? 듣자 하니 쉽지 않을 것 같던데."

한결은 슬그머니 미소를 지었다.

"그럼요! 잘 풀리고 있습니다."

"그래? 언제나 그래 왔지만, 오늘따라 자신감이 넘치는군."

한결의 자신감에는 다 이유가 있었다.

"이제 며칠 안으로 해결될 겁니다."

§ § §

이른 아침부터 M&A 중개를 요청받은 제임스 스와든은 업무용 이메일을 확인해 보았다.

[프란체코 컴퍼니 부실채권 처리 및 인수합병 요청서]

[보낸 이 : 투자귀신]

"…프란체코 컴퍼니의 회사채를 500억에 인수함으로써 2대 채권자가 되겠다? 허, 나 참!"

이탈리아 금융당국의 압박을 받는 시중은행으로선 당연히 최근 자금경색이 심화된 회사들을 내칠 수밖에는 없을 것이다.

한데 프란체코가 한국에서 건자재로 재미를 보려다가 돌연 고소를 당하는 바람에 5,000만 유로 이상의 채권이 휴짓조각이 되어 버리게 생겼다.

이제 이 시점에서 공격적 인수합병이 진행된다면 프란체코 컴퍼니는 별수 없이 두 손을 번쩍 들 수밖에는 없을 것이다.

한마디로 게임은 이미 끝났다는 뜻이다.

이제는 투자귀신의 뜻대로 인수합병만 진행하면 되는 것이다.

"그나저나 그 IX홀딩스에서 일한다는 젊은 상무이사가 정말 투자귀신과 어떤 관련이 있는 건가?"

AIB에서는 분명 스포츠카를 선물로 주었고, 그것은 AS 컴퍼니 자산으로 등록되어 있었다.

그걸 타고 다닐 수 있다는 것은 분명 어떤 관계가 있다는 뜻이다.

"IX홀딩스와 관련된 투자를 많이 했었는데, 그게 그래서 그런 건가? 만약 그렇다면……."

똑똑.

제임스 스와든이 상념에 젖어 있을 때, 같은 부서의 M&A 담당자인 엘리자베스 스피어스가 찾아왔다.

"바빠?"

"이제 막 업무 시작하려던 참이야. 어떤 일로?"

"그… 혹시 프란체코 컴퍼니의 인수합병을 요청받았어?"

순간, 제임스 스와든이 고개를 갸웃거렸다.

"그걸 당신이 어떻게 알아?"

"나도 비슷한 제안을 받았거든. 내 경우엔 매수가 아니라 매도지만."

"……매도?"

"프란체코 컴퍼니의 모회사에서 계열사가 은행들에게 난도질이 되기 전에 잘라 내 달라는 요청서를 보냈거든. 만약 괜찮다면 진흙탕 싸움으로 가기 전에 끝냈으면 한다고……."

제임스 스와든은 프란체코 컴퍼니에서 그냥 죽기는 싫으니 한 푼이라도 건지고 싶어 한다는 인상을 받았다.

만약 그렇다면 그냥 넘어가 줄 수는 없다.

"그렇게 하고 싶으면 대가를 지불해야겠지?"

"대가라니?"

"돈이든 뭐든 대가를 지불해야 발을 뺄 명분을 만들어 주지."

싸움을 건 쪽이 백기를 내걸었다면, 반드시 그에 상응하는 대가는 치러야 한다.

그것이 바로 전쟁의 법칙이니까.

제임스 스와든은 이번 전쟁에서 이겼다고 생각했다.

하지만 위기는 언제나 승리의 목전에서 만나게 되는 법이다.

"음… 있잖아, 스와든이 뭔가 착각하고 있는 것 같은데 말이야. 칼자루는 그쪽이 아니라 이쪽이 쥐고 있다고."

"칼자루?"

제임스는 프란체코 쪽에서 보낸 한 장의 내용증명을 받았다.

[…보크사이트 정련 특허침해소송 중]

[알루미늄 제작에 대한 특허권을 매각한 뒤, 잠적해 극단적인 침해요인을 발생시킴…]

"…보크사이트라니?"

"공부 좀 하지 그래? 지금부터 생산되는 IX홀딩스의 알루미늄 제품에 대한 수출권은 바로 프란체코의 모회사, 즉 리투마니 홀딩스 측에 있다는 뜻이잖아."

"젠장!"

§ § §

프란체코 컴퍼니는 아예 처음부터 알루미나 제작공법의 핵심기술을 가지고 IX홀딩스에 목줄을 채울 목적이었다.

하지만 한결은 이미 다 대비하고 있었다.

저들의 심연을 파고들었을 때, 한결은 어느 정도 그들의 수를 파악하고 있었던 것이다.

"이럴 줄 알았지. 알루미나 정련 특허권이라니."

–큭큭, 저 새끼들도 진짜 운이 없기는 하다. 설마하니 네가 양촌화학이라는 회사를 손에 넣게 될 것이라곤 꿈에도 몰랐을 거 아니야.

"맛 좀 봐라, 이 새끼들아!"

한결은 컴퓨터에 앉아 키보드를 두드리기 시작한다.

출근 전에 보고서를 작성해서 프란체코를 아예 요단강으로 보내 버리려는 것이었다.

[알루미늄 생산구조 변경에 대한 기획안]

특허로 또다시 사람을 귀찮게 한다? 그렇다면 국산화를 하면 된다.

한결은 적이 날린 회심의 일격에 정확하게 카운터를 친 것이다.

차상식은 무릎을 치며 웃었다.

―크하하하! 이야, 이거! 타이밍 죽이네?

"어때유? 깔쌈하쥬?"

―오지다, 오져!

AIB로부터 악재를 전달받은 뒤, 한결은 회사에 출근하자마자 밀려드는 급보에 그야말로 정신을 차리지 못할 지경이었다.

자리에 미처 앉기도 전에 자산운용실은 그야말로 야단법석을 떨어 댔다.

"IX인터에서 올라온 보고에 의하면, 특허권 침해소송으로 인해 당분간 정련 자체가 불가능할 수도 있다고 합니다! 아무래도 국내생산을 포기하든지, 프란체코 컴퍼니와 재협상을 벌이는 수밖에는 없겠습니다!"

프란체코를 AS컴퍼니에게 거의 강매라도 하겠다는 모양이다.

한결은 일단 자산운용실 모두를 진정시켰다.

"자자, 일단 진정하시고요. 처음부터 하나하나 차분히 해결해 나갑시다. 지금 가장 문제가 되는 건 뭡니까?"

"알루미늄의 재생산 물량에 대한 수출불가 판정이 떨어질 수도 있다는 겁니다."

"그렇죠. 결국엔 생산에 차질을 빚는 게 문제라는 거잖아요?"

"물론입니다! 이번에 납품시한을 지키지 못한다면, 건설사들 입장에서는 우리를 쓸 이유가 없어지니까 말입니다!"

겉으로만 보면 그야말로 허파가 뒤집힐 정도로 놀랄 일이었다.

하지만 이것은 아주 단순하게 마무리할 수 있는 일이기도 했다.

"간단하네요. 생산구조를 바꾸면 되는 거잖습니까?"

"그렇기는 합니다만, 이제 와서 갑자기 우리가 원하는 순도의 알루미늄을 얻어 낸다는 것이 그리 쉬운 일은 아니라서 말입니다."

"아무튼 간에 생산구조만 바꾸면 된다는 거잖아요?"

"결론적으로… 본다면 그렇습니다만……."

한결은 씨익 미소를 지었다.

"마침 좋은 회사가 있는데 말입니다."

"…네?"

"몰리브덴 순도 99.99%에 도전하는 양촌화학이라고 들어 보셨습니까?"

자산운용실의 차장과 부장들은 도대체 이놈이 뭔 소리를 하는 건가 싶은 표정으로 눈만 끔뻑끔뻑할 뿐이었다.

한결은 그런 그들에게 '양촌화학 정련 특허목록'이라는 서류를 내밀었다.

[…특수강 관련 재련기술 특허 : 8개]

[보크사이트, 몰리브덴…]

"이 양촌화학이라는 회사가 보크사이트 정련으로는 거의 아시아 탑티어라는 거 아닙니까!"

"…이런 회사가 있었습니까?"

"잘 알려지지 않은 회사입니다. 경쟁력은 차고 넘치는데 경영진들의 마인드가 아주 개판이라 소멸되기 직전이었거든요."

규모는 작아도 내실이 탄탄한 회사들은 얼마든지 있다.

바로 양촌화학처럼 말이다.

"충남 일대의 알루미늄은 죄다 이쪽에서 공급했다는 얘기가 있죠. 품질이 워낙 좋아서 말이죠!"

"요즘 동남아시아 쪽 감리는 까다롭기로 유명한 회사에서 담당하고 있습니다만."

"알아요. 하지만 이쪽도 만만치 않은 감리를 거치면서

성장했죠. 충남 하면 어디가 떠올라요?"

"대전?"

"철강 하면 대한민국에 세 곳이 있죠. 포항, 광양, 그리고……."

"…당진!"

"그래요, 당진! 당진 제철소에서 하청받아 일했던 회사가 바로 여기란 말입니다!"

리투마니 홀딩스는 보크사이트 정련에 대한 급제동으로 한바탕 이득을 취하려 했겠지만, 그것은 완벽한 오산이었다.

한결은 이곳에 있는 그 어떤 누구보다도 운이 좋은 사람이었기 때문이다.

–진짜 운이 오지게도 좋다!

'어쩌면 저번에 내가 말했던 두 명의 귀인 중 한 명은 바로 이 양촌화학을 소개해 준 박 부장이라는 사람이 아닐까 싶기도 해요.'

–물론 운도 좋았지만, 이번에는 킬링 포인트를 잡는 방법이 아주 좋았어. 뭐랄까, 저번보다 세련되어졌다고나 할까?

'이야! 어쩐 일로 칭찬을?'

–인마, 나도 요즘 칭찬은 자주 하고 있거든?!

'크크, 그랬나?'

한결은 리투마니 홀딩스가 나름대로 노력했다는 것은 인정했지만, 높디높은 코리안 파워를 뛰어넘을 수 없다는 것을 제대로 보여 주었다.

"알루미늄은 예정대로 생산합니다."

"…네, 알겠습니다."

"그럼 양촌화학이랑 제휴해서 빠른 시일 내로 생산활동 시작하기 바랄게요."

"최선을 다하겠습니다!"

한결은 다시 한번 영웅이 되었다.

§ § §

마르티나 기조르노와 약속한 일주일이 지났다.

정확히 7일을 꽉 채웠지만, 한결은 무사히 건자재 수입 재계의 방안을 가져왔다.

"기존의 회사들이 만들어 놓았던 물품은 그대로 내보내고, 추가된 31개 회사들과 협력해서 앞으로 들어오는 수주를 맞춰 주면 되겠네요."

마르티나는 한결에게 두 손을 번쩍 들어 보였다.

"졌습니다. 정말 깔끔하게 두 손 들 수밖에는 없겠네요."

"한 지붕에 사는 식구끼리 뭐 그런 걸 따지고 그러십니까? 아무튼 간에 일이 잘 풀렸으니 더 이상의 의견대립은 없는 걸로 알아도 되겠죠?”

“당연한 말씀을.”

—자존심 지켰네~ 잘못하면 조질 뻔했는데 말이야.

상무이사로서 첫 임무를 아주 시원하게 마무리했으니 어디 가서 자존심 상하는 일은 절대 없을 것이었다.

한결은 자리에서 일어섰다.

“그럼 다음에 또 봅시다.”

“다음에도 꼭 이렇게 이겨 주시기 바랍니다. 그래야 이 회사에서 계속 일할 맛이 날 것 같네요.”

“그럼요! 반드시 그럴 겁니다.” 절대로 두 번은 지지 않겠다는 강력한 마음이 그녀의 안광에서 뿜어져 나오는 것 같았다.

시원하게 승부를 내 준 뒤에 당당히 IX인터를 나서려던 한결에게 황 부장이 달려왔다.

“신 상무님!”

“황 부장님, 좋은 아침이네요.”

“소식 들었습니다! 크흐! 저놈의 콧대 높은 이탈리아 여우를 아주 한 방에 때려눕히셨다면서요! 정말 최고이십니다!”

“별말씀을요.”

—야, 야, 알랑방귀 뀌느라 똥X멍 다 헐겠다. 크크크!

줄을 선다는 건 이런 것이다.

능력이 모자라면 능력이 있는 사람을 어떻게든 붙잡기라도 해야 한다.

"아참, 이거 드리려고 찾아온 건데! 별 쓰잘데기없는 소리를 하다 까먹을 뻔했네요!"

"뭡니까?"

황 부장이 건넨 것은 한 권의 보고서였다.

"이번에 KS건설이 방글라데시에 수력발전소를 짓는데, 우리 쪽에서 건자재 조달자 선정 입찰을 따냈다고 합니다!"

"그래요?"

"IX홀딩스에서 자금만 잘 출자해 주신다면, 우리가 한국 시장에서 시멘트라든지 철근 따위를 구해서 남아시아로 넘어갈 수 있는 청사진을 좀 그려 볼까 합니다!"

호재 중에 호재였다.

대기업이 수력발전소를 짓는 프로젝트를 진행하게 된다면, 그에 따라 건자재를 만드는 회사들의 매출도 덩달아 오르는 법이다.

"물론 출자를 해 드려야지요!"

"감사합니다!"

"관련 자료 엮어서 제 이메일로 보내 주세요. 심사하고 연락드릴게요."

"정말 감사합니다! 앞으로도 충성을 다하겠습니다!"

—큭큭큭! 돌쇠가 아주 충성심이 깊어!

한결은 투자회사의 주가상승을 누리고, 황 부장은 실적을 챙긴다.

이것이야말로 악어와 악어새의 관계가 아니고 무엇이겠는가.

§ § §

로웰투자신탁이 무너지면서 대한민국을 떠들썩하게 만들었던 리딩방 사기조직은 일망타진되었다.

동시에 주가조작단을 쫓고 있던 서울중앙지검과 금융감독원은 더욱 집요하게 사건을 파고들었다.

심규섭과 김태일은 공조수사로 주가조작단의 말단부터 중간관리자까지, 무려 100명 이상을 체포한 후에 강도 높은 수사를 벌였다.

하지만 워낙 점조직 간의 정보교류가 거의 없었던 터라 사실상 남이나 마찬가지였다.

"…진짜 모른대?"

"모른대. 아무리 족쳐 봤지만 나오는 게 하나도 없었어. 자네도 알지? 저 새끼들이 의리 하나는 진짜 빵 사 처먹은 X새끼들인 거."

심규섭은 회유와 협박으로 범인들을 직접 조져 보기도

했지만, 특별히 나오는 것은 없었다.

무려 부장검사의 수사에서도 찾아낼 수 있는 접점이 없으니 답답할 노릇이었다.

"태일이 자네 쪽은 좀 어때?"

약간 멍해져 있던 김태일은 심규섭의 질문에 곧장 조사 보고서를 꺼내어 건넸다.

보고서에는 '주가조작단 금융추적 보고서'라는 제목이 적혀 있었다.

"꼬리를 잡기는 잡았는데, 이게 해외로 빠져나간 터라 쉽지가 않네."

"해외?"

"한쪽에서는 투자자를 모집하고, 한쪽에서는 주가조작에 쓸 만한 회사를 인수하고, 한쪽에서는 주가를 뻥튀기해 주고. 뭐, 이런 구조였잖아? 주가조작 이후에 자금을 관리하는 방식도 비슷해."

"…한국에서 손실을 일으켜서 돈을 빼돌리고, 현지 법인을 인수해서 그 돈을 짱박고?"

"맞아, 딱 그런 구조더라고."

"젠장! 이제는 그런 구닥다리 식의 자금세탁은 안 하는 줄 알았는데."

"뭐랄까, 한번 성공한 대규모 사기는 계속해서 모방하는 경향이 있지. 마치 클래식처럼 말이야."

심규섭은 급격하게 기분이 저하됨을 느꼈다.

지금 금감원에서 추격하고 있는 그들은 예전에 인트펀드 사태 때와 비슷한 방법으로 돈을 빼돌리고 있었기 때문이다.

"사람을 무지하게 짜증 나게 만드는 놈들이네."

"아무튼 간에 로웰투자신탁이 넘어가 버렸으니 인수합병만 마무리되면 게임은 새로운 국면을 맞이할 수도 있겠지. 그렇지 않아?"

"…그랬으면 좋겠네."

"그나저나 이번에도 투자귀신이 도움을 줄까? 왜, 저번에는 우리가 투자귀신의 도움을 받아서 여기까지 온 거잖나."

"흠……."

"요즘 그쪽은 뭐 특별한 거 없다던가?"

심규섭은 아직도 투자귀신의 행보에서 눈을 떼지 못하고 있었으나 지금까지는 이렇다 할 돌발행동이라든지 신박한 투자 행보는 보이지 않고 있었다.

"없어. 그냥 평소랑 비슷한 것 같아."

"듣기로는 AIB가 대한민국에 한 대뿐인 자동차를 매입해서 AS컴퍼니에 증여했다고 하더군."

"그래?"

"그런데 그걸 IX홀딩스의 젊은 임원이 타고 다닌다더

군.”

“…뭐?”

“우리 쪽에선 그 친구가 투자귀신 후보가 아닌지, 그렇게 생각하고 있거든. 자네 생각은 어때?”

“중견기업의 임원이면 스포츠카를 탈 수도 있지. 게다가 젊다며. AS컴퍼니에서 매각했을 수도 있는 거잖나.”

“증여 이후에 매매가 이뤄졌다는 얘기는 없었는데?”

“음?”

“만약 그 청년이 정말 투자귀신이라면, 능력 하나는 인정해 줘야 하지 않겠어? 지금까지 해결한 사건들만 봐도 대단하던데, 그 나이에 임원까지 올라갔을 정도면 말 다 한 거잖아. 그치?”김태일의 말처럼 대단한 청년이 나타난 것임에는 틀림이 없다.

하지만 여기서 한 가지 의문점이 남는다.

“그렇다면 왜 지금까지 정체를 숨기다가 스포츠카가 증여되는 순간에 은근히 수면위로 올라온 걸까?”

“뭔가 목적이 있었겠지? 그 목적이 뭔지는 모르겠지만.”

“흠…….”

“아무튼, 그 청년이 어떤 목적을 가지고 있든 간에 나는 마음에 들어. 덕분에 사건이 아주 시원시원하게 잘 풀리고 있잖아. 안 그래?”

심규십은 여전히 표정이 묘하게 일그러져 있었다.

어쩐지 지금 돌아가는 이 판을 누군가 조종하고 있다는 생각이 들었기 때문이다.

'마치 중력에 의해 조종당하는 기분이다. 절대적인 흐름에 맞춰 흘러가듯……. 어?! 흐름?!'

바로 그때, 심규섭은 한 가지 깨달음에 도달했다.

'누군가' 자신에게 메시지를 보내려 하고 있다고.

제3장
엘레강스

한가로운 주말이다.

느지막이 아침을 먹고 굼벵이처럼 방바닥을 기어 다니는 것이 벌써 몇 시간째 이어졌다.

“와! 잉여다, 잉여.”

─인마, 잉여가 아니라 비움! 채움이 있으면 비움도 있어야 한다니까?

“이건 비워지는 게 아니라 그냥 늘어지는 거 아니에요?”

─늘어지나 비워지나, 어쨌거나 쉬었으면 된 거지.

상무이사에게 주말은 사치라는 말을 절감하라는 듯, 회사에서는 벌써부터 한결에게 엄청난 양의 업무를 밀어 넣고 있었다.

KS그룹과의 계약, 식품 분야의 신사업 등 엄청나게 굵직

한 일들이 즐비했으나 한결은 과감하게 하루 휴식을 선택한 것이었다.

다만, 차상식이 한결에게 비움의 미학에 대해 역설한 까닭에 쉬는 것이라서, 정확히는 휴식을 당했다고 표현하는 것이 맞다.

그래도 휴식이라는 것을 만끽하니 머리가 비워지는 느낌이 들기는 한다.

"이게 좋은 건지 나쁜 건지는 모르겠는데, 머리가 가벼워진 것 같기는 해요."

–그게 비움이라는 거야. 사람의 몸은 한계가 있는 법이거든. 두뇌도 마찬가지야. 그 한계를 가늠하지 못하면 순식간에 슬럼프를 겪게 마련이지.

"아저씨도 슬럼프에 빠져 봤다는 듯이 말하시네요?"

–나도 생로병사가 존재하는 세상에 살았던 인간인데 당연히 슬럼프가 있었지….

"이야, 아저씨도 결국 인간……."

–…라고 할 줄 알았냐?! 나는 당연히 슬럼프가 없었지! 너, 내가 누구인지 잊었냐?

한결은 '그럼 그렇지' 라는 말은 굳이 내뱉지 않은 채 얼굴만 구기고 있었다.

이윽고 자리에서 일어난 한결은 주섬주섬 옷을 챙기기 시작했다.

—어디 가려요?

"어디긴요, 인천에 가 봐야죠."

—아… 맞네, 인천 창고에 로웰투자신탁 관련 정보가 들어왔겠네.

"그나저나 저번에 그 고문변호사가 마주쳤다던 로웰투자신탁의 관계자들 있잖아요. 그 사람들은 지금 어디서 뭘 하고 있을까요?"

—글쎄, 뭐, 모르긴 몰라도 어디선가 짱박혀서 칼을 갈고 있는 게 분명하겠지.

"…존나 찝찝한 말을 정말 아무렇지 않게 하시네요."

—사실을 말하는 건데, 뭐. 그리고 말이다, 이런 중요한 일은 애써 모르는 척하는 것보다 제대로 진실과 마주하는 것이 더 좋아.

"뭐, 그건 그렇죠."

로웰투자신탁이 망했어도 놈들은 또 다른 어딘가에서 비슷한 음모를 꾸미고 있을 것이다.

기껏해야 수많은 뭉텅이 중 하나가 갈려 나갔을 뿐일 테니까.

대충 세수하고 양치를 한 한결은 최대한 편안한 복장으로 지하철로 향했다.

—오늘은 차 안 타?

"굳이 주말에까지 운전할 필요 있어요?"

—에잇, 인천까지 달리는 맛을 좀 느끼나 싶었는데.

"나중에요, 나중에."

스포츠카를 타는 것까진 좋은데, 허리가 너무 아프다는 것이 문제였다.

게다가 한결은 주목받는 것이 익숙하지 않았다.

"그나저나 아저씨는 왜 그렇게 스포츠카를 타고 다니라고 적극 권장하시는 거예요? 무슨 이유라도 있는 거죠?"

—굳이 네가 투자귀신의 후예임을 숨길 필요가 없으니까?

"이미 어지간한 사람들은 다 알지 않나요? 당장 우리 주변만 하더라도 내가 투자귀신과 관계있다는 것 정도는 눈치 채고 있을 텐데?"

—에이, 그걸로 되겠냐? 선전포고 대용으로 축포 한 방 정도는 갈겨 줘야 남자라 할 수 있지.

'…선전포고? 축포? 뭐지, 이 찝찝한 단어들은?'

한결이 고개를 갸웃거리고 있는데 그의 스마트폰 진동이 울린다.

지이이잉!

[발신자 : 제니스 컴퍼니 로한나 쿠스버트 대표]

"어? 사모님이다!"

–이 주말에 무슨 일이지? 얼른 받아 봐!

한결은 재빨리 전화를 받았다.

“네, 대표님! 신한결입니다!”

–상무이사 승진, 축하해요.

“감사합니다!”

–요즘 통 안 보이네요. 많이 바쁘신가 봐요?

“아… 그게 말입니다!”

그러고 보니 자주 찾아가겠다던 약속을 요즘 통 못 지키고 있었다.

한결은 미안함에 고개를 푹 숙였다.

“죄송합니다! 조만간 한번 찾아뵙겠습니다!”

–호호! 아니에요. 공사가 다망한 사람이 그럴 수도 있죠. 내가 오늘 전화한 건 다름이 아니라 조만간 펀드매니저 모임이 열리는데 말이죠. 참석할 생각이 있는지 묻고 싶어서 전화한 거예요.

“펀드매니저요?”

–그이가 생전에 만든 모임인데, HMN과 함께 일했던 펀드들이 많아요. 외국에서 오는 사람들도 꽤나 있어요.

“그런 자리라면 꼭 참석하고 싶습니다!!”

–그래요, 그럼 약속장소와 시간은 따로 보내 줄게요. 나중에 봐요.

“감사합니다! 들어가십쇼!”

펀드매니저들이 모이는 자리에는 당연히 정보도 넘칠 것이다.

“역시! 부드러운 카리스마! 나를 위해서 이런 모임까지 잡아 주시다니!”

–그러고 보니 오래되긴 오래되었네. 내가 그 모임을 설립한 지 벌써 15년이나 되었으니 말이야.

“그런데 저런 모임은 왜 만든 거예요?”

–로한나가 어느 날 나에게 그러더라고. 당신은 다 좋은데 엘레강스한 멋이 없다고.

“엘레강스? 뭔가 다른 의미로 말하신 것 같은데…….”

–아무튼, 모임에 나가 봤는데, 나쁘지 않더라고. 생각보다 사모펀드를 운용하는 데 도움이 많이 되었고. 그래서 아예 모임 자체를 만들어 봤지.

“얘기만 듣고 보면 아저씨는 바보온달이었던 것 같은데요?”

–인마, 바보온달이라니! 뭐, 아주 틀린 얘기는 아니지만, 그래도 내가 노력한 게 얼마인 줄 아냐?!

“말이 그렇다고요, 말이!”

–…여튼 나가는 건 무조건 찬성이야. 아마 이번 기회를 통해서 너도 배우게 될 거다. 그 엘레강스라는 거 말이야.

“아니, 그러니까, 다른 의미가 있는 것 같다니까요.”

그래도 좋은 기회가 될 것이라고 믿어 의심치 않았다.

§ § §

인천항의 창고에는 서류가방 하나가 놓여 있었다.

“뭐야, 이게?”

–흠! 자료들을 자체 소각했다, 뭐 그런 건가?

역시 보통내기들이 아니었다.

어쩌면 지금까지 한결이 먹어 치웠던 회사들은 그저 쭉정이, 맛보기에 불과한 것이었는지도 모르겠다.

“그나마 이 정도라도 남아 있는 걸 다행으로 여겨야 하는 건가요?”

–음…….

“아무튼, 그럼 이거라도 좀 볼까요?”

–그래, 없는 것보다야 백배 낫겠지.

한결과 차상식은 놈들이 남겨 놓은 장부들을 꺼내 살피기 시작했다.

[(30120)331-13-11323-001]

“…뭐지? 제목이 왜 이래?”

다소 미스터리한 제목에 내용도 뭔가 이상하기 짝이 없었다.

아니, 이걸 장부라고 하기에도 애매했다.

[…10/11 - 6,000,000,000]

"날짜와 금액…. 이 두 개만 나와 있는 장부라니. 아니, 애초에 이게 장부가 맞긴 한 건가?"

-원래 장부라는 건 재무를 관리하기 위해서 쓰는 거잖냐. 그러니 목적은 일단 맞지.

"흠……."

-그리고 이렇게 한번 생각해 보자고. 디지털시대에는 과연 장부가 어떤 의미일까?

"하긴 장부야말로 엄청나게 아날로그적인 물건이죠."

-그래, 지금까지는 우리가 회사를 인수할 때마다 장부가 넘쳐났었지. 심지어는 뭐 이런 걸 다 적어 뒀나 싶을 정도로 세세하게 기록되어 있었잖냐. 그렇다는 건, 누군가 전산에 기록하기엔 좀 부담스러운 것들을 기록으로 남겨 놨다는 뜻이 되는 거지.

"아! 그렇다는 건 로웰이라는 놈들은 기록으로 남기기 부담스러운 것 자체는 아예 만들지 않았다는 뜻이 되는 거네요?"

-그런 셈이지!

"그럼 이건 일종의 엑기스라는 뜻일까요?"

-아마도?

아직은 가정에 불과했지만, 어쩌면 이것은 진실로 향해 가는 가장 빠른 문이 될지도 모른다는 생각이 들었다.

한결은 일단 서류가방에 들어 있는 장부들을 전부 읽어 내려간 뒤, 그것을 머리에 각인해 놓았다.

"이렇게 숫자를 외우고 있다 보면 언젠가는 좋은 정보가 들어오게 되겠죠!"

—숫자 괴물이 옆에 있으니 편하긴 하네.

"에이, 이걸로 괴물이라니요! 끽해 봤자 여섯 권밖에는 안 되는구만."

—평범한 사람은 한 페이지도 외우기 힘들어해. 그래서 장부라는 것을 만들어 남기는 거라고. 그래서 세간에서는 너 같은 놈을 괴물이라 부르기로 합의한 거야.

"음, 그런가?"

—아무튼, 나가자. 모처럼 쉬는 날인데 맛있는 거 먹어야지 않겠어?

한결은 피식 웃으며 차상식을 바라보였다.

"왜요? 바다에 왔으니까 회나 한 접시 하자고요?"

—으흐흐! 눈치 깠냐? 아, 새끼 이상한 데에선 눈치가 참 빠르단 말이야?

"아저씨가 이 타이밍에 할 얘기가 뻔하죠. 그래서 뭘 먹고 싶은데요?"

—네가 말했잖냐. 회라고, 회!

"그래요! 회 먹으러 갑시다. 어디 좋은 데 있어요?"

—있지, 인마! 나만 따라와!

§ § §

인천항 재개발 지역 인근 뒷골목을 따라 한참을 걸어 들어가자 허름한 횟집이 보인다.

간판도 없는데 사람들이 줄을 서서 포장한 회를 수령하고 있다.

보통의 내공 아닌 것이 확실해 보인다.

'딱 봐도 하루 이틀 장사한 집 같지는 않은데요?'

–한 50년쯤 되었을걸?

'와! 그럼 횟감 써는 것쯤이야 눈 감고도 하겠는데요?'

차상식은 이런 숨은 맛집을 참 잘 알고 있다. 다만, 취향이 아주 지극히 아저씨스럽기 때문에 호불호가 갈린다는 단점이 있긴 했다.

한결이 테이블에 앉자 허리가 다소 구부정한 주인장이 소주잔을 두 개 가져왔다.

"몇 명이서 왔어?"

"혼자요."

"그럼 잔은 두 개만 있으면 되겠네?"

사람은 한 명인데 잔은 자연스럽게 두 개를 내려놓는 모습이 뭔가 약간 이질적이다.

주인장은 살짝 당황한 한결에게 웃으며 말했다.

"이 좁은 뒷골목엘 설마하니 혼자 마시러 온 것은 아닐 거고, 아마 사연이 있어서 왔겠지. 안 그래?"

"아! 네, 맞아요."

"원래 이 집에 오는 사람들이 다 그래. 뭔가 사연이 하나쯤은 다 있기 마련이지."

한결이 슬쩍 고개를 돌려 차상식을 바라보자 그가 뭔가 평소와는 다른 모습으로 씁쓸하게 웃고 있다.

'뭔가 사연이 있었어요?'

—이 세상에 사연 하나쯤 없는 사람은 없지.

'뭐, 그렇긴 한데.'

—나랑 친하게 지냈던 고아원 동기가 있었어. 그 친구가 이 집 단골이었거든.

'아!'

모든 것을 과거형으로 표현한다는 것, 아마도 그 친구가 지금은 어떻게 되었을지 굳이 묻지 않아도 알 것 같았다.

한결은 딱히 별다른 말은 하지 않은 채 주문부터 했다.

"여기 뭐가 맛있어요?"

"우리는 그냥 제철에 나오는 거 한 상에 올려. 그게 끝이야."

"아! 그럼 그거 2인분 주시고, 소주 두 병 주세요."

"그래, 조금만 기다려. 한 20분쯤 걸려."

"넵!"

주인장은 회를 써는 동안 안주 삼으라며 생선뼈로 우려

낸 얼큰한 매운탕 수제비를 내어 주었다.

–이게 그렇게 그립다고 했었는데…….

'그 친구분이요?'

–아주 회라면 환장을 한 놈이었거든. 그런데 미국으로 사업을 하러 떠나 있느라 한동안 못 먹었어. 죽을 때까지 말이야.

'…그런 사연이 있었어요?'

–그놈 기일을 20년 동안이나 챙겼었는데, 이제는 내가 죽어 버려서 챙기지도 못하게 생겼네.

'친구분 자제는 없었어요?'

–있는데……. 음, 뭐랄까? 부자간에 사이가 별로 안 좋았어. 그놈 아들내미가 대학에 들어가고 나서부터 내가 5년쯤 끼고 가르쳤었거든? 그 5년 동안 한 번도 기일 챙기는 걸 못 봤어.

'뭔가 사정이 있었나 보네요.'

–녀석이 한 번은 이런 얘기를 한 적이 있어. 자기는 아버지가 안 계시니까 도대체 아비 노릇은 어떻게 해야 하는 것인지 잘 모르겠다고.

'아! 그게 어려서 상처가 되어 부자 사이가 틀어졌나 보네요!'

–나야 어떻게 된 사정인지는 자세히 모르겠지만, 아무튼 지금 그 아들내미는 투자랑 법학을 배워서 미국에서 아주

잘나가고 있을 거야. 듣기론 내 친구가 하는 로펌에 들어갔다고 한 것 같기도 하고.

'아들은 성공했는데… 아버지는 그 기쁨을 누리지 못하셨네요.'

-씁쓸한 얘기지.

'음…….'

-뭐, 그래도 아들 녀석이 총명하니 여한은 없겠지. 내가 너 말고 제자 비슷한 걸 키웠던 게 아마 그때가 처음이자 마지막이었을걸?

'우와! 아저씨가 직접 가르쳤을 정도면 자질이 뛰어났나 봐요?'

-당연하지! 내가 보는 눈이 얼마나 깐깐한데. 아무나 옆에 끼고 가르쳤겠냐고.

'그럼 뭐, 언젠가 한번 보러 가요. 그리 어려운 일도 아닌데.'

차상식은 고개를 가로저었다.

-그냥 궁금한 채로 살래. 그것도 하나의 재미지, 뭐.

'아니다, 그럴 필요 없겠다!'

-응? 그럴 필요가 왜 없어?

'알아서 찾아오겠쇼. 아저씨 제자가 있다는 사실을 언젠가는 알게 될 테니까요.'

순간, 차상식의 눈이 반짝 빛났다.

—…어?

'왜 그러세요?'

—흐흐, 아무것도 아니야!

'뭐지? 또 왜 저러는 거지?'

—아무것도 아니라니까 그러네. 그나저나 오늘 얻은 장부 있잖냐, 그 제목들을 어디서 많이 본 것 같다는 생각 안 들어?

'그저 숫자만 나열한 거 아니에요?'

—그것들 말이야, 마치 계좌번호 같다는 느낌 못 받았냐?

순간, 한결의 눈이 휘둥그레졌다.

'어?!'

§ § §

다소 야심한 시각 밤 10시.

한결은 이제 막 혼술을 시작했다는 양유진의 집 앞에 도착했다.

"어머, 진짜로 왔네?! 쓰레기 신한결이 어쩐 일로 인천에서 회를 다 포장해와?! 응?!"

"아무래도 내가 실수한 것 같다. 쓰레기는 회 배달 같은 거 안 하는데 말이야."

"히힛, 깍쟁이 같기는! 알겠어, 쓰레기라는 말은 취소!"

-야, 야! 이러고도 썸 하나 없다고 우기는 게 정상이냐?

한결이 굳이 회까지 포장해서 양유진의 집 앞까지 온 것은 다 이유가 있어서였다.

한결은 회를 건네주며 말했다.

"그… 내가 부탁이 하나 있는데 말이야."

"부탁이 있으면 들어와서 한잔하고 가든가!"

"지금? 에이, 너무 늦었지!"

"이 늦은 시간에 찾아온 사람이 누구더라?"

한결은 어지간하면 양유진의 집에는 들어가고 싶은 생각이 없었다.

'아놔, 이게 아닌데…….'

-라면 먹고 갈래의 30대 버전이냐? 오히려 풋풋하니 재밌다, 야. 크크크큭!

'30대 버전이 풋풋해요?'

-60대가 보기엔 풋풋하지. 아들내미 연애를 보는 기분이랄까?

'…그건 또 그렇겠네.'

한결은 어쩔 수 없이 적진(?)으로 걸어 들어가기로 했다.

"그래! 내 생각이 짧았네. 그럼 결례 무릅쓰고 한잔할까?"

"너어는! 꼭 이렇게 튕길 생각만 하더라!"

"미안하니까 그렇지."

"미안하면 미안할 짓을 안 하면 되잖아. 안 그래?"

"…그래, 말을 말자."

노원구의 아파트에 기거하는 양유진은 제법 이른 나이에 내 집을 마련한 똑순이기도 했다.

전체적으로 파스텔 톤인 실내는 생각보다 아늑하고 포근하다는 생각이 들게 했다.

"집이 되게 따뜻하네?"

"원래 사람은 따뜻하게 살아야 한데. 그렇다고 너무 덥게 살아도 못 쓰고!"

"그래?"

"아무튼, 앉아."

무드등이 달린 식탁 위에는 방금 삶은 것으로 보이는 수육과 족발이 놓여 있었다.

주방이 아직도 습한 것을 보면 직접 만든 것이 아닌가 싶다.

"요리도 할 줄 알아?"

"요즘 집에서 수육 하나쯤 못 만드는 사람이 어디 있니?"

"그럼 족발은?"

"에이, 족발은 기본이지!"

"…헐! 그런 거였어? 난 그럼 사람도 아닌 건가?"

"아무튼, 앉아서 좀 먹어. 술 가져올게."

양유진은 생각보다 가정적인 성격인 모양이었다.

―하는 짓이 4차원이라서 몰랐는데 제법 여성스러운 구석이 있었네?

'그러게요. 저 싸가지와 요리라니. 뭔가 매칭이 잘 안 되는데요?'

상큼한 오이소주와 아기자기한 느낌의 사기잔이 한결의 앞에 놓였다.

"소주 괜찮지?"

"이게 뭐야? 오이?"

"우리 엄마가 소주에 오이를 넣어서 마시는데, 제법 맛이 괜찮아. 붓기도 잘 빠지고."

20년 전에 유행했던 오이소주를 지금의 한결이 알 리가 없다.

―이야! 저게 뭐냐? 2000년대에 유행했던 거 아니야? 저거, 일식집에 가면 돈 만 원만 주면 주전자에 오이를 왕창 넣어 주고 막 그랬는데!

'오이랑 소주가 궁합이 맞나?'

―마셔봐, 인마! 안 죽어.

한결은 반신반의하는 표정으로 오이소주를 넘겼다.

꿀꺽!

"응? 초 깔끔한데?"

"당연하지! 오이가 들어갔는데."

"회랑 한잔하면 딱 좋겠네. 한잔하자!"

소주와 오이는 의외의 조화였다.

마치 양유진이 의외로 가정적인 것처럼 말이다.

양유진이 한결의 잔을 채워 주며 물었다.

"그나저나 우리 집까진 어쩐 일이니? 어지간하면 밤에는 잘 안 찾아오잖아."

"뭐 좀 물어보고 싶은 게 있어서."

"칫! 그러면 그렇지! 너어는! 이 야심한 시간에 찾아오면서 무드 없이 그게 뭐니?!"

어째 저 양 대가리가 조용하다 싶더니!

한결은 귀에 피딱지가 앉는 기분이 들었다.

"…그럴 만한 사정이 있어서 그래. 아무튼, 이것 좀 봐 봐."

한결은 양유진에게 계좌번호의 일부분을 가린 사진을 보여 주었다.

그러자 양유진은 대수롭지 않다는 듯이 입을 열었다.

"신용장? 이건 갑자기 왜?"

"…신용장이라고? 은행 계좌번호가 아니라?"

"앞에 은행코드가 떡하니 적혀 있는데, 무슨 계좌번호? 아, 뭐, 일반인은 그렇게 보일 수도 있겠네."

역시 전문가에게 찾아오니 답이 한 번에 딱 나온다.

-아하! 신용장! 그게 신용장이구나!

'아저씨도 신용장을 실제로 본 적은 없어요?'

—넌 무역회사를 다니면서 신용장을 실제로 본 적 있어?

'…아니요.'

—인마, 나도 마찬가지지. 투자업계에만 있어 본 사람이 신용장을 어떻게 알겠냐?

무역실무를 하는 사람이 아니고선 신용장을 실제로 볼 일은 그렇게 많지가 않다.

이런 신용장을 장부째로 가지고 있었다는 것은 도대체 무엇을 의미하는 것일까?

"보통 이렇게 많은 신용장은 누가 가지고 있어?"

"은행원 아니면 무역회사 사무직이겠지. 너희 회사 데이터베이스 들어가 봐. 저런 거 널리고 깔렸을걸?"

"그래?"

실마리는 잡혔다.

내일이면 이 장부가 의미하는 바를 어느 정도는 파악할 수 있을 것이다.

한결이 생각에 잠긴 채로 술을 넘기자 양유진이 뭔가 할 말이 있다는 듯이 술잔을 손으로 빙글빙글 돌리며 분위기를 잡는다.

"그… 있잖아, 한결아."

"응?"

"이 누나가 부탁이 하나 있는데 말이야!"

"부탁? 뭔데?"

실마리에 대한 단서를 찾아 준 만큼 어지간한 건 수용해 줄 용의가 있었다.

슬슬 한결의 눈치를 보던 양유진이 고개를 푹 숙였다.

"나 한 번만 살려 주라!"

순간, 한결은 고개를 갸웃거렸다.

"…갑자기 그게 무슨 뚱딴지같은 소리야? 다짜고짜 살려 달라니?"

"이번에 공정위에서 감사 떠서 은행권 조지고 다녔던 거 알지?"

"당연히 알지."

"그런데 윗선에서 눈치 없이 기준미달 회사들 여신을 퍼 주는 바람에 공정위에서 아주 뚝배기를 깨려고 벼르고 있다잖니!"

"…대진은행 정도 되는 1금융권 회사가 도대체 왜 기준미달 회사에 여신을 펴 줘?"

"나도 그게 궁금하다는 거 아니니! 어휴, 나 참! 하여간 나 좀 도와줘! 은혜는 꼭 갚을게! 응?!"

천하의 양유진이 이렇게까지 저자세로 나오는 것을 보면 상황이 정말 급하긴 급한 모양이었다.

"아니, 그래서 뭘 어떻게 도와주면 되는 건데?"

"이번에 너희 회사에서 KS그룹이랑 같이 방글라데시 들어간다면서? 그때 채무회사 실적 좀 같이 올려줘!"

"뭐 하는 회사인데?"

"식품회사! 한결이 너도 잘 아는 회사야. 그린에버라고, 콩나물이랑 두부로 유명하잖니."

"아! 그린에버. 그 정도 중견기업이 기준미달이라고? 요즘 업계가 많이 어렵나?"

"너어는! 곡물가격이 많이 올랐잖니! 당연히 어렵지!"

"아, 그러네. 하긴 어렵긴 하겠다."

곡물가격 상승이라는 악재는 식품업계에 강렬한 타격을 주었다.

아마 이런 보릿고개가 몇 년간 지속된다면 속절없이 무너질 기업이 한두 개가 아닐 것이다.

근데 잠깐만.

과연 곡물가격의 악재가 언제까지 시장에 영향력을 끼치게 될까?

'생각해 보면 이제 곧 몰리브덴 호황으로 유가(油價)를 내려야 할 시기가 올 거예요. 그렇게 되면 과연 바이오디젤을 밀어주는 게 미국 입장에서 올바른 답이 될 수 있을까요?'

–그렇긴 하지. 탑다운 전략으로 분석해 보자면 너무도 당연한 일이고.

'하지만 딱 한 가지, 석유가격을 언제 내릴 것인가에 대한 확답이 없는 게 문제네요. 과연 미국은 언제쯤 바이오디젤 전략을 철수할 것인가? 그것이 관건일 거고요.'

–그것만 알아내면 그린에버에 투자할 수 있다는 거야?

'당연하죠! 시기만 맞는다면야 그린에버는 그야말로 캐시 카우 그 자체인 회사인데요.'

–좋아, 꼬맹아. 이 싸부가 좋은 아이템을 하나 주도록 하마!

'진짜요?!'

–아마 이 아이템을 쓸 때쯤이면 너도 퍼즐 한 조각을 손에 쥐게 되겠지.

'퍼즐?'

–뭐, 그런 게 있어. 아무튼 간에 아이템을 줄 테니까 재 의견부터 받아들여.

한결은 차상식의 말에 따라 양유진의 부탁을 들어주기로 했다.

"그래, 뭐, 방법을 찾아보자."

"어머! 정말?!"

"일단 AS컴퍼니에 의뢰해서 LP들부터 모집하면서 회생 가능성을 점쳐 보는 것으로 하자고."

"고마워, 한결아! 앞으로 쓰레기라는 말은 하지 않을게! 진짜루우!"

"알았으니까 한잔하자."

"짠! 정말 고마워~"

술을 한잔 마시면서 여유를 되찾자 뭔가 이상하다는 생각이 들었다.

'아니, 가만. 그러고 보니까 혼술 치곤 음식이 과하다는 생각이 들었는데 말이에요. 이거, 처음부터 양유진이 나를 끌어들이려는 계략이었던 건가?!'

-큭큭큭! 넌 인마, 인기는 좋은데 눈치가 좀 없어.

'그나저나 방금 전에 말한 그 아이템이라는 게 뭐예요?'

-후후, 보면 알아!

§ § §

차상식의 웹하드에서 얻은 정보는 바로 '북해산 원유'에 관한 것이었다.

[US 슈퍼오일 '북해유전 증산조치 및 공매도 시행 안건']

"북해에서 생산되는 원유에 대한 공매도라니?"

-곡물가격이 2년 이상 고공행진을 거듭할 경우, 브렌트유(Brent oil)의 가격을 낮추라는 지침이 있었다는 거지.

"석유시장의 과열방지를 위해서?"

-솔직히 진짜 속내가 뭔지는 나도 알 수 없어. 상무부는 원래 그런 조직이야.

"허……."

-얼마 전에 네가 그랬지? 상무부가 몰리브덴 물량을 확 조였다가 풀어 놓은 것은 미국 광물시장의 호황을 위한 것이 아니냐고. 사실 그 생각은 아주 위험한 판단이야. 상무부는 그렇게 단순한 논리에 의해 움직이는 사람들이 아니거든.

"…이런 복잡한 스케줄러가 있는 줄은 미처 몰랐네요."

두바이유, 텍사스산 중질유와 함께 세계 3대 유종으로 손꼽히는 브렌트유의 가격하락은 전체 유가시장에 영향을 미칠 수 있다.

하지만 한결은 여기서 한 가지 의문점이 생겼다.

"브렌트유는 한국에 대한 영향력이 다소 약하잖아요. 과연 국내 곡물가격에도 영향을 줄까요?"

-어설픈 듯, 날카롭단 말이지.

"날카롭다니요?"

-네 말이 맞아. 국내 곡물가격에 미칠 영향력이야 당연히 두바이유가 더 크겠지. 하지만 시장 전체적인 상황을 본다면 브렌트유의 가격하락이 미칠 영향이 더 커. 한마디로 적절한 완충작용으로 아시아의 곡물가격은 과하지 않은 보합세로 돌아서게 된다는 뜻이지.

"아! 과하지 않은 보합세! 만약 이것이 미국 주도에 의한 것이라고 한다면, 결국에는 곡물가격을 적당히 조절해서 시장을 안정화하려는 것이겠군요!"

—그럴 수도 있다는 거지.

"흠……."

차상식은 모든 의견 앞에 '가정'이라는 전제를 붙이고 있었다.

그만큼 미국이라는 국가의 정책 기조는 일반인이 정확히 파악하고 움직이기 힘들다는 뜻이었다.

—이번 일을 통해 네가 배워야 할 건 무엇이냐, 너무 자신하지 말라는 거야. 이 시장에 확신이라는 것은 없어. 항상 만일의 경우에 대비해야 한다는 거지.

"명심할게요!"

—아무튼, 이제 대전제는 갖춰졌어. 앞으론 어떻게 대처할 거야?

"투자거리가 생겼다면, 당연히 돈부터 움직여야죠!"

—오호? 돈, 돈 좋지! 그런데 지금 우리에게 총알이 그렇게 많이 남아 있던가?

한결은 빙그레 미소를 지었다.

"총알이야 만들면 되는 거죠. 아저씨가 엔젤투자를 시작하면서 내게 말해 줬던 거, 기억나요?"

—말해 줬던 거? 너 바보라고?

"…세컨더리요."

–아, 세컨더리!

"아주 틈만 나면 사람 골려 먹으려고 안달이라니까."

–큭큭큭!

"아무튼, 그 세컨더리가 이번 총알 장전의 핵심이라고 할까요?"

차상식은 가만히 생각해 보더니 이내 웃으며 고개를 끄덕였다.

–맞네. 거래할 게 많아. 지금 이 시장이라면 미래가치까지 더해서 회사를 훨씬 더 비싸게 팔 수 있겠어!

"옵션투자를 하면서 배운 게 있다면 바로 이거죠. 기대가치!"

§ § §

세컨더리 시장에 본격적으로 진입하기 전, 한결은 IX홀딩스를 통한 정보검증에 나섰다.

지금까지 한결이 인수했던 90개가 넘는 중소기업들이 과연 얼마나 성과를 내고 있으며, 경영자 교체가 미치는 영향은 어떠한지 확인하려는 것이었다.

"말씀하셨던 우리 협력사들의 매출현황입니다."

한결의 지시로 협력사 매출현황을 파악한 장주영 차장은 보고서를 보기 쉽게 압축해서 만들었다.

[매출 평균 : 271%▲]

[작년 대비 매출 : +33,200,000,000원(KR/W)]

"평균 300% 가까운 성장을 했고, 각 회사의 매출규모는 300억이 넘는다?"

"아직 총집계가 제대로 안 되어서 그렇지, 실상은 400억에 가까울 것이라는 보고도 있었습니다. 하지만 집계가 안 된 가늠치이기 때문에 보고서에서 제외했습니다."

확실한 성장세가 돋보인다.

—진짜 잘 건지긴 했네. 이제 곧 코스닥 상장하겠는데?

'와…… 막상 투자할 때는 몰랐는데, 이렇게 모아 놓고 보니까 매출성장이 실로 엄청나네요.'

이제는 매출이 조 단위를 기록할 정도가 되었다.

한결이 쏘아 올린 작은 공이 엄청난 크기로 성장해서 한국경제의 허리라인을 튼튼하게 만들어 나가고 있었다.

"외형적으로는 문제가 없다?"

"무슨 일 때문에 그러십니까?"

"협력사 점검 후에 신사업 프로젝트를 좀 구상해 볼까 싶어서 말이에요."

"아!"

장주영 차장을 비롯한 자산운용실은 한결의 신 프로젝트에 기대를 가지고 있었다.

저번에 보여 준 한결의 원맨쇼에 그들도 깊은 감명을 받은 것이었다.

"모두들 기대가 큽니다. 어떤 프로젝트인지 조금만 알려 주실 수 있으십니까?"

"흠…… 글쎄요, 아직은 뭐라 말할 단계가 아니라서요."

"…그렇군요! 그럼 차분히 기다리겠습니다."

마치 로봇처럼 굴던 장주영 차장도 이런 인간적인 면이 있었다니 한편으로는 뿌듯한 마음이 다 든다.

'로봇을 사람으로 만든 느낌이랄까?'

-오즈의 마법사냐? 큭큭큭!

'…마음 따뜻해지는 일에 꼭 그렇게 초를 쳐야겠어요?'

-안 그렇게 생겨선 생각보다 감성적이란 말이야?

'내가 어떻게 생겼는데요?'

-잘생긴 산도적?

'에헤이! 산도적이라니!'

-큭큭큭!

'그나저나 매출이 진짜 많이 늘었네요. 271%라니!'

-외적으로는 아주 탄탄해. 하지만 지금까지 이 회사들이 성장해 온 배경을 보면 마치 젠가를 쌓듯이 서로 얽히고설켜 있을 거야. 그러니 속을 파 봐야 한다는 거지.

'음! 그러니까 세컨더리에도 순서가 있다는 거네요?'

-핵심은 젠가라는 거, 잊지 마.

§ § §

그날 오후.

공 대표의 부름을 받은 한결은 사장 집무실로 향했다.

똑똑.

인기척을 내자 공 대표가 곧장 문을 열었다.

'안에 누가 있나?'

보통 사장이 직접 문을 여는 일은 없다.

누군가 공 대표보다 직급이 높은 사람이 왔다는 뜻이다.

한결은 약간 긴장한 채로 집무실에 들어섰다.

눈앞에는 60대 남자가 상석에 앉아 있었다.

"자네가 신한결 상무?"

"네! 제가 신한결입니다만……."

공 대표는 살짝 떨떠름한 표정으로 말했다.

"이쪽은 IL그룹 기획조정실 한청수 전무님."

"듣던 대로 기골이 꽤나 탄탄하군. 흉둘레가 몇이야?"

도대체 IL그룹의 기획조정실에선 무슨 일로 찾아온 것일까?

한결은 일단 질문에 답부터 주었다.

"흉둘레는 잘 모르고, 보통 남자 사이즈로 110을 입습니다."

"크군! 그 탄탄한 몸에 110 사이즈라니. 운동을 열심히 하나 본데?”

“과찬이십니다.”

초면에 칭찬부터 늘어놓는 것을 보면 한 전무는 성격이 아주 좋거나, 한결에게 뭔가 기대하는 것이 있는 모양이다.

그런 한 전무의 모습에 한결은 왠지 모를 위화감을 느꼈다.

‘아… 뭔가 탈이 썩 유쾌한 쪽은 아닌데…….’

―네 눈에도 그래 뵈냐?

‘아저씨도 감이 별로 안 좋아요?’

―원래 저런 삼백안들이 약삭빨라!

‘아하!’

―아! 물론 관상이 과학이라는 건 아니야. 야구에도 뽀록샷이 있는 것처럼 말이야.

한청수 전무는 한결에게 가까이 오라는 손짓을 했다.

“이쪽으로 와서 앉지. 공 대표, 자네도 좀 앉고.”

“네, 전무님.”

이제 곧 본사가 될 IL그룹의 전무이사라는 존재는 아마도 공 대표에게는 부담스러운 것이 분명했다.

아까부터 약간 떨떠름해져 있는 공 대표에게 한 전무가 물었다.

“회장님께서 말씀하신 선수가 바로 이 친구라고?”

“그렇습니다. 지금으로선 저희 회사 최고 에이스입니

다.”

–크큭! 느낌이 온다. 너, 스카우트 당한 거야!

한결은 속으로 고개를 갸웃거렸다.

‘스카우트? 어차피 계열사가 될 건데, 스카우트라니요?’

–넌 아직도 계열사가 한 지붕 아래 사는 같은 식구라고 생각해? 어차피 지분만 팔아 치우면 서로 남남 되는 것이 계열사 관계인데?

‘…아! 생각해 보니 그러네! 부채비율이 극단적으로 안 좋아지면 계열사를 잘라 내기도 하잖아요.’

–그래! 특히나 한번 갈라진 회사는 모회사와의 관계가 상당히 애매해져. 아마 IX홀딩스는 IL그룹 산하로 들어간다고 해도 제대로 대접을 받기는 어렵겠지.

‘그럼… 잘못하면 바로 잘릴 수도 있다는 거예요?’

–회사를 비싸게 사 주는 곳이 등장한다면 그렇게 될 수도 있지. IL그룹의 모태인 IX인터만 쏙 빼놓고 말이야.

‘와… 인수합병만 끝나면 땡인 줄 알았더니 그게 아니었네!’

–끝은 무슨, 이제 시작인데!

한청수 전무는 탁상 위에 놓인 커피의 향을 음미했다.

“음! 좋군. 자네들도 한잔하지.”

“네!”

"신한결 상무는 결혼했나?"

"아직 안 했습니다."

"그래? 여자는 있고?"

"딱히 결혼계획을 공유한 여자는 없습니다."

"그럼 내가 중매 한번 서 볼까? 세계그룹 구조조정실 김희태 상무의 딸이 아마 자네 또래일 건데, 생각 있어?"

"……예?"

당황하는 한결을 대신해 공 대표가 나섰다.

"전무님, 이 자리에서 결혼 얘기는 좀 그렇습니다."

"아! 그랬나? 미안해. 요즘 세계그룹이랑 어떻게든 동맹을 성사시켜야 해서 말이야."

세계상사라는 타이틀로 1960년대부터 대한민국 최고의 유통업자로 성장한 세계그룹은 재계서열 8위의 거대 기업집단이 되었다.

한청수 전무는 아마도 그런 세계그룹과 뭔가 대단한 프로젝트를 진행 중인 모양이다.

—완전 조선시대 마인드네! 무슨 기업 수뇌부를 정략혼에 내보낼 생각을 하냔 말이야.

'와… 아직도 저런 생각을 하는 사람이 있네?'

—그나저나 세계그룹이면 IL그룹과는 악어와 악어새 관계가 될 가능성이 크기는 해. 그렇지 않냐?

'대형마트, 백화점, 전자, 식품. 확실히 IL그룹과는 환상의 짝꿍이 될 가능성이 높죠. 하지만 문제는 대한민국의 모든 기업집단이 비슷한 생각을 하고 있다는 것이겠지만요.'

세계그룹은 대한민국뿐만 아니라 '동아시아의 월마트'라는 별명을 갖고 있을 정도로 국제적인 유통망을 자랑하는 유통 허브 기업집단이다.

물건만 괜찮다면 어떻게 해서든 팔아 치우는 장사꾼들이라는 뜻이다.

―사실 IL그룹이 세계그룹과 손잡기만 한다면 제2의 전성기를 맞이할 수도 있긴 하겠지. 세계그룹 입장에서도 신흥국에 최대한 많은 상품을 유통해야 하는데, IL그룹만큼 위탁생산 풀이 넓은 회사도 별로 없잖아?

'그래서 저런 얘기가 나온 거군요!'

흘리듯 나온 얘기였지만 그 얘기가 누구에게서 나온 것인가가 중요했다.

차상식은 이 작은 단서 하나만으로도 뭔가 기업계에 변혁이 일어날 것임을 추측해 냈다.

한청수 전무는 한결에게 얇은 서류봉투를 하나 내밀었다.

"열어 보시게."

봉투를 열어 보니 '인사이동명령서'라는 제목의 서류가 들어 있었다.

[인사이동 : 신한결]

[IX홀딩스 –> IL그룹 본사 기획조정실]

[직급 : 상무이사 –> 부장]

"기획조정실?"

"어차피 IL그룹과 IX홀딩스가 통합되면 계열사 이사회부터 재조정하게 되거든. 이참에 내 밑에서 중역들 서포트하면서 지내는 것이 어때? 괜히 늙어서 이빨 다 빠진 노친네 수발이나 들고 있지 말고."

순간, 한결은 감이 팍 왔다.

이것은 줄을 서라는 IL그룹 이사회의 압박인 것이다.

'딱 보니, 이 사람이 바로 그 순혈주의자 이사회의 일원인가 보네요. 그쵸?'

–…아무리 막귀라도 저놈의 개소리를 듣고 있자면 그렇게 생각할 수밖에는 없지.

'분명히 IL그룹 이사회에 독약을 풀었잖아요. 그런데 그게 별로 약발이 안 먹혔나 본데요?'

–쥐약을 먹였는데도 살아남았다……. 흐음…….

순혈주의는 밑바닥 출신의 상무이사가 눈에 걸렸고, IL그룹 본사로 불러들여 귀족주의자들의 수발을 들게 하고 싶은 것이었다.

한결은 고민했다.

만약 슬기로운 회사원이라면 어떻게 생각했을까 하고.

그 대답은 아마도 예스였을 것이다.

"제안은 감사합니다만, 아직 이곳에서 할 일이 많이 남아서 말입니다!"

"…생각보다는 고집이 있는 편이로군?"

"네! 그런 소리를 많이 듣기는 합니다."

"합병 이후에 후회하지 않겠어? 아예 말단으로 좌천될 수도 있는데. 기껏 쌓아 온 커리어가 아깝지 않겠냔 말이야."

한결은 피식 웃음을 지었다.

"잃을 게 많다면 그럴 수도 있겠지요!"

그렇다. 한결은 어차피 밑져야 본전인 사람이었다.

정확히는 이곳에서 잃을 것이 거의 없다에 가깝다.

그런 신한결 상무를 어찌하겠다는 것이야말로 어리석은 생각이 아닐 수 없다.

'여차하면 들이받겠다, 이거냐?'

'어차피 곧 나갈 사람인데 뭐 하러 저런 꼰대 밑에서 굴러요? 피곤하게시리!'

한결은 인사이동명령서는 테이블에 살며시 내려놓았다.

"그건 그렇고, 용건은 이게 끝입니까?"

"…정말 후회하지 않을 자신 있나?"

"물론입니다!"

"오케이, 좋아! 자네 뜻은 잘 알겠네."

한결은 순혈주의자의 회유를 발로 뻥 차 버렸다.

아마도 IL그룹에서 오래 버티지는 못할 것이었다.

하지만 그래도 그는 만족한다.

이 회사에서 얻을 건 이미 다 얻었으니까.

§ § §

한청수 전무가 떠난 뒤, 공 대표는 깊은 한숨과 함께 한결을 마주했다.

"…괜찮겠어? 잘못하면 그대로 모가지 날아갈 텐데."

"어차피 부회장님과 1년 계약했습니다. 저는 그 기간 동안 최선을 다하면 그뿐, 더 이상 이 회사에 머물 생각은 없습니다."

"말이 1년이지, 조금 더 성공가도를 달릴 수 있다는 생각은 안 해 봤어?"

"저는 투자가 좋습니다. 앞으로 투자회사를 세워서 원 없이 하고 싶은 거 다 해 보고 살 생각입니다."

한결은 자신의 담백한 생각을 피력했고, 공 대표는 씁쓸하게 웃었다.

"솔직해서 좋군."

"그나저나 너무 뜬금없어서 놀랐습니다. 계열사 상무이

사 나부랭이를 이제 곧 본사가 될 IL그룹 수뇌부에서 만나러 오다니요. 혹시 제가 저번에 드린 장부 때문일까요?"

공 대표는 한결의 질문에 쓰게 웃으며 답했다.

"상대방 쪽에서 대타 몇 명 세워서 검찰에 넘기겠다는군. 협의가 있기는 한데 증거가 아직 부족해서 힘이 모자란 모양이더라고."

"아!"

꽤나 힘을 준 한 방이었는데, 한결은 아쉬운 마음을 금할 길이 없었다.

"그나저나 스카우트라면, 우리 회사만 그런 거 아니야. IX인터에서도 비슷한 일이 있었다더군. 이제 곧 친회장파와 순혈주의파로 갈려 계열사들이 개편될 텐데, 그때를 대비해서 인재를 한 명이라도 더 데리고 가려는 수작인 거지."

기존 질서와 제도 그리고 세력이 확립되지 않은 시기일수록 세를 유지하기 위해서는 인재를 모아야 하는 법이다.

당연히 무엇인가를 도모하기 위해서는 이런 과도기(過渡期)야말로 큰 기회가 되기 마련이다.

―이 타이밍에 제대로 된 걸로 한 방 크게 터뜨려 주면, 아마도 박수 치며 이 회사를 떠날 수 있겠지. 그 말인즉슨, 너는 대단히 손이 큰 LP를 동료로 삼을 수 있게 된다는 거야.

'아! 그러고 보니 그러네?!'

지금까지 회사에 남아 있는 이유의 상당 부분은 대외적으로 내세울 커리어를 만들기 위함이었다.

하지만 지금이라면 더 좋은 것을 얻을 수 있을 것 같다.

-너만의 세력을 만드는 거야. 졸라 멋지지 않냐?

'오!'

제4장

젠가

AIB는 엄청난 양의 데이터베이스를 바탕으로 투자금융을 영위한다.

그들은 세컨더리에서도 단연 좋은 입지를 확보했다는 의미이기도 하다.

[AIB 제임스 스와든 : 말씀하신 후보 161개의 리스트를 작성했습니다. 검토하시고 연락 주십시오]

"161개라니… 많기도 하네."

-한국은 제조업으로 먹고사는 나라 아니냐.

"와, 그래도 그렇지, 이래서 M&A 하면 무조건 AIB를 찾나 봐요."

제조업 중에서도 한결이 보유한 회사들과 관련이 있고, 인수합병 의사가 있는 회사들만 추린 것이 161개였다.

이제부터는 가장 합리적으로 기업의 경영권을 인수해 줄 회사를 찾는 것이 관건이다.

한결은 보유회사들의 장단점을 바탕으로 젠가를 시작했다.

-M&A의 가장 중요한 점은 합병 후 통합과정이 얼마나 수월한가, 그걸 가장 먼저 봐야 한다는 거야.

"음! 그렇다면 우리 경우엔 PMI에 유리한 회사를 1순위로 두면 되겠네요?"

-PMI가 1순위, 그렇다면 2순위는 뭐겠어?

"시너지?"

-그래, 시너지! 아무리 PMI가 잘 이뤄져도 시너지 효과가 개판이면 회사는 인수하나 마나야. 굳이 연관도 없는 회사를 인수해 봤자 본업과의 시너지를 이루지 못하면 말짱 꽝이라는 소리지.

"오케이, 그럼……."

한결은 경영권을 보유한 회사들을 2개로 대분류한 다음, 그것을 다시 12개로 쪼개어 나누었다.

부품제조와 원자재 가공, 특수강 등 대한민국 기간산업과 잘 어울릴 만한 분류로 회사들을 조각낸 것이었다.

"음…… 이 정도면 되려나?"

―이제부터는 시뮬레이션이 중요해. 단적인 예를 들자면, 지금 네가 가진 예성화학이라는 합금철 부분 도금회사와 매수 희망자인 진한중공업을 매칭해 보는 거야.

"진한중공업이면 중장비 부품제조회사잖아요?"

―건설현장에 쓰이는 중장비의 부품을 제조해서 납품, 판매하는 회사이다 보니 당연히 합금과 도금기술이 필요하겠지. 그렇게 연관을 짓는다면, 1년에 최소 15%의 추가이윤이 생긴다는 계산이 나와.

"헐!"

―하지만 여기서 매수 희망자를 바꾼다고 가정해 보자고. 이번에는 인프라, 설비회사인 레비콘 컴퍼니를 예성화학과 붙여 보자고. 어떻게 될까?

"레비콘 컴퍼니는 생산 인프라가 없으니까 어차피 기술력을 갖고 있어도 크게 쓸모는 없겠네요."

―내 생각에 저 회사들의 시너지는 연간 1%의 추가이윤 생성에도 미치지 못할 정도로 좋지 않을 것 같아.

"아!"

―간단하지만 어려운 일이지. 하지만 요즘 대한민국 M&A 시장엔 반드시 필요한 일이야. 기업 리셀링 이윤만 챙기는데 혈안이 될 게 아니라, 향후 이 기업이 어떤 방향으로 성장해 나아가면 좋을지 생각해 보라는 거지.

"뭔가 선구자 같은 느낌인데요? 아저씨 오랜만에 멋있어요."

―오랜만에? 인마, 난 항상 멋졌거든?!

"에이, 항상은 아니죠! 가슴에 손을 얹고 생각해 봐요."

―어라? 손을 얹을 가슴이 없네?

"큭큭큭! 그럼 이젠 제안서를 작성해서 한번 발송해 볼까요?"

한결은 아직 인식하고 있지 못하겠지만, 지금 이 과정이야말로 LBO의 기본이 되는 일이었다.

기업을 적시 적소에 매각하는 것보다 더 중요한 일은 없기 때문이다.

§ § §

한결은 매각제안서를 보낸 뒤, 답장이 올 때까지 차분하게 일상을 이어 갔다.

"IL그룹과의 합병이 가시화되면서 이제 곧 인수자금이 풀릴 것으로 예상됩니다. IL그룹 측에서는 자신들이 주도적인 입장에 서서 판을 이끌어 갔으면 하는 모양인데, 이사님의 생각은 어떠십니까?"

"흠! 결국에는 통폐합의 청사진을 자기들이 그린다는 거잖아요?"

"네, 아무래도."

같은 그룹에 속해 있는 기업이라고 해도 이미 떨어져 지낸 세월이 너무 길기 때문에 통합해야 할 것들이 상당히 많았다.

가장 급선무는 물류라인이었다.

“우리 IX홀딩스 쪽에서는 IX인터의 물류라인을 계속 유지했으면 하는데, IL그룹은 그게 아닌 모양입니다.”

“IL그룹이 물류회사를 새로 출자했던가요?”

“아니요, 그게 아니라 기존의 물류동맹을 끝까지 유지해서 기업 간의 관계를 유지하고 싶다는 겁니다.”

“그렇게 되면 물류라인이 두 개라서 혼선이 빚어질 텐데요?”

“그래서 우리가 일부 물류라인을 정리해서 기업동맹을 유지시켜 달라는 겁니다.”

한결은 입을 앙다물었다.

‘…꼬장이네, 쉬펄!’

-노인네들이 꼬장꼬장하기도 하지!

‘이중물류는 기업 시너지에는 최악이잖아요. 그걸 모를 리가 없는데 저러네.’

-때론 최선보다 자신들의 이익을 더 중요하게 생각하는 새끼들이 꼭 있어. 지금의 IL그룹 순혈주의자들처럼 말이야.

‘그놈의 순혈주의!’

엘리트 집단의 우월감, 그로 인해 생기는 혈통의 차이는 순혈주의자들이 말하는 '근본'이 다르다는 일종의 결속력 같은 느낌을 자아내곤 했다.

"엘리트들끼리 모여서 결국 엘리트 집단의 네트워크를 유지하겠다, 뭐 그런 거군요."

"우리는 어디까지나 중견기업이니 자기들 서포터 자리를 유지하라는 것이겠죠."

시작부터 난항이 예상된다.

어쩌면 방 부회장이 한결에게 1년을 얘기했던 것은 이런 험난한 고개를 넘은 뒤에 나가라는 뜻이었는지도 모른다.

'이런 경우에는 보통 어떻게 해야 해요? 그냥 힘으로 찍어 눌러야 하는 건가?'

-그것도 맞긴 한데, 이 경우에는 스케일이 다르지.

'스케일?'

-판을 최대한 크게 키워서 저놈들이 절대 무시하지 못할 만한 조력자들을 등판시키면 되는 거야.

답은 의외로 간단했다.

한결이 지금 가진 동맹체들과의 관계를 조금 더 긴밀하게 만들면 된다는 것이었다.

"최근 GL-삼선동맹체는 좀 어때요?"

"월간 15% 이상의 시너지 효과가 창출되고 있습니다. 고객들도 만족하고 우리 회사도 만족하고요. 그야말로 윈윈입니다."

"…그림 좋고!"

인도에서 미국 아이플과 혈전을 벌이고 있는 삼선과 GL에게 힘을 실어 줄 수 있도록 부품수급에서 약간의 플러스 요인을 갖게 만들 수 있다면 관계는 더 가까워질 것이다.

"물류전문가와 회계사를 파견해서 물류라인을 다시 점검하고, 문제점이 있다면 수정방안까지 가져오라고 하세요."

"IX로직스에 지시를 내릴까요?"

"네, 물론이죠. 특히 물류담당자 중에서 실무진들을 대거 기용해서 진단하라고 하세요."

"혹시 원하시는 인물이 있다면 말씀해 주십시오."

"그럼 내가 명단을 구성해 줄 테니까 그대로 움직여 달라고 전하면 되겠네요."

이미 물류센터에서 폐관수련을 한 경험이 있는지라 한결은 직접 명단까지 작성할 정도로 IX로직스에 대해 잘 알고 있었다.

"명단은 내가 작성할 테니 회계 쪽에서 뛰어난 인물을 좀 선별해 주세요."

"회계 쪽이라면 IX홀딩스에 전문가가 몇몇 있습니다."

"오케이, 그럼 IX홀딩스에서 회계담당자를 선별하는 것으로 하자고요."

저 꼬장을 부리는 IL그룹의 꼰대들을 쳐부수기 위해서 한결은 할 수 있는 모든 것을 동원할 것이다.

§ § §

세컨더리를 위한 제안서를 보낸 지 일주일 뒤에서야 답장이 도착했다.

"절반은 성공, 절반은 유예라……."

–자기들이 원하는 청사진이 아니라 이거겠지.

"흠!"

한결은 최대한 M&A에 도움이 되는 매칭구성을 짜서 보냈건만 상대방의 입장은 그게 아닌 모양이었다.

그들은 어떻게 해서든지 간에 전매 이후의 이득까지 생각하느라 기업의 가치는 잘 보지 못한 것이었다.

"이건 좀 오버인데……."

–별수 없지. 다시 매칭하는 수밖에.

"생각보다 눈들이 까다롭네요."

–다들 너처럼 덤덤하게 비즈니스를 하지는 않아. 목숨을 걸고 한다고.

"에엥? 나도 목숨 걸고 하거든요?"

–그런 느낌이 아니야, 인마! 너 같은 콘크리트 심장은 절대 이해하지 못하는 거라고, 이건!

"참나, 복잡하네, 정말! 뭐, 아무튼 간에 매칭을 다시 하려면 구성을 처음부터 다시 다 짜야 할 텐데, 그게 쉽지 않을 것 같은데요?"

–최선책이 실패하면 차선책을 찾아봐야지. 하지만 최선책이 실패했다는 건, 어쩌면 처음부터 너의 방식이 잘못되었다고 생각해 봐야 할 수도 있다는 거야.

"…방식이 틀렸다?"

순간, 한결은 지난번 차상식의 가르침을 떠올렸다.

모든 것은 스스로에 대한 질문에서부터 시작해야 한다는 가르침이었다.

"시너지… 를 꼭 기업 하나에서만 내야 한다는 법은 없죠."

–인수합병에 답은 없어. 때론 두 개가 하나가 되는 것도 좋은 시너지의 예시가 될 수 있을 거야.

한결은 그 즉시 새로운 청사진을 구상하기 시작했다.

"기획에서 비울 건 비우고, 채울 건 채우고……."

–잊지 않았네, 잉여교육!

"그럼요! 잊을 수 있나? 요 근래 들어 가장 강렬한 기억이었는데요!"

청사진을 구상하는 것은 마치 한 판의 케이크를 어떻게 잘라 플레이팅하면 좋을지 찾아가는 과정이라고 말할 수 있다.

케이크의 각도, 그리고 조각의 모양까지 고려해서 보기도 좋고 맛도 좋은 케이크를 장식하는 것이다.

"기업의 주력 비중은 높이고 그동안 문제였던 외주비율

을 바닥까지 낮추는 선에서 인수합병을 단행한다면……."

—적어도 두 배 이상의 시너지가 더해진다는 공식이 나오겠지. 물론 앞으로 어떻게 경영하느냐에 따라서 회사의 매출은 달라지겠지만 네가 세운 원칙만 어기지 않는다면 절대 매출이 떨어질 일은 없을 거야.

"흠…… 그렇다면 이렇게 하는 건 어떨까요? 우리가 매매대금을 5% 정도 포기하는 선에서 한 가지 제안을 하는 거예요. 앞으로 캐시 카우 역할을 해 줄 사업 분야에 절대적으로 집중하되 지금 손잡은 대기업들의 하청으로서 마진율 상승에 도움을 주겠다고요."

—그렇게 하는 조건으로 IX홀딩스라든지 기타 대기업들에게서는 신뢰와 계약기간 연장이라는 특전을 얻어 내는 거고?

"고용안정보다 더 좋은 것은 없잖아요?"

—나쁘지 않아. 한번 제안서에 넣어 보자!

과연 저들이 어떤 반응을 보일지는 아직 미지수나, 한결이 생각했을 때엔 이보다 더 좋은 청사진도 없었다.

단숨에 제안서를 다시 작성해서 이메일로 발송한 한결은 노트북을 닫아 버렸다.

탁!

"끝!"

—이 정도면 뭐, 결과가 나쁘지 않을 것이라고 생각해.

IX홀딩스의 실적도 조금은 더 올라갈 거고.

이것은 한결의 개인사업과도 연관이 있지만, 세컨더리를 통해 얻은 시너지를 IX홀딩스로 되돌려 준다면 커리어에도 도움이 될 것이었다.

한바탕 집중을 했더니 허기가 진다.

“배고프네? 술이나 한잔할까요?”

–아, 좋지!

한결은 일을 마저 끝낸 뒤, 냉장고에 넣어 두었던 소주를 꺼내 식탁 위에 올려놓았다.

일단 가볍게 한 잔 넘기고 난 뒤에 안주를 만들 요량인 것이다.

지이이잉!

술을 한 잔 넘기려는데 전화가 걸려 왔다.

[발신자 : 양유진]

“왜, 시스터.”

–시스터고 바스터고, 너 지금 어디야?

“나? 집인데.”

–하! 너 진짜, 어디서 뭘 하고 다니길래 이런 걸 가지고 온 거야?

말투가 전에 없이 딱딱하다.

한결은 고개를 갸웃거릴 수밖에 없었다.

"그게 다짜고짜 무슨 소리야?"

―네가 전에 우리 집에서 보여 줬던 신용장 있잖아. 혹시나 해서 검색해 봤더니 은행 블랙리스트에 올라 있더라?

"…뭐, 블랙리스트?"

―일단 좀 만나. 내가 그쪽으로 갈까?

"아니야, 내가 갈게."

―그럼 명동으로 와.

평소와는 다른 분위기에 한결은 뭔가 심각한 일이 벌어지고 있음을 직감했다.

§ § §

양유진은 한결에게 상당히 심각한 얘기를 해 주었다.

"…얘기가 되게 복잡하네."

"복잡하지, 국제범죄인데. 너어는! 이런 걸 주웠으면 바로 버릴 생각을 해야지. 도대체 왜 그걸 손에 쥐고 다니고 있어?"

그녀의 말투는 평소와 다름없이 돌아와 있지만, 상황만큼은 그러지 못했다.

양유진은 신용장이 사용된 곳에 대해 요목조목 따져 물었다.

"한국에서 사기로 돈을 벌었다? 그럼 이게 어디로 갔냐면 중고품 수출상에게로 갔단 말이야. 이게 뭘 뜻하는 것 같아?"

"자금세탁?"

"그래! 자금세탁! 최소한 징역 5년이야. 한국에서는 이걸 중범죄로 다룬다는 얘기야. 궁금한 건, 네가 왜 그런 일에 연관되어 있냐는 거야!!"

"흠……."

로웰투자신탁은 중고폰, 중고차, 중고선박, 심지어는 중고가전에 중고컴퓨터까지 매입해서 해외로 수출하는 대범함을 보였다.

그들이 장부에 남겨 놓았던 것은 바로 이 자금세탁의 비용을 주고받은 것이었다.

"그나저나 수출무역을 영위했는데 어째서 블랙리스트에 오른 거야?"

"거래처에서 대금을 안 주니까."

"…아하!"

"내가 자금세탁이라고 확신하게 된 계기가 바로 이거야. 세상에, 돈이 수백억이 나갔는데도 해결된 어음은 단 1원도 없어. 그나마 대진은행이니까 이 정도지, 다른 은행들은 사정이 더 안 좋아. 신용장 수수료 몇 푼 벌어 보겠다고 수백억씩 날려 버렸으니 말이야."

신용장이라는 것은 매도, 혹은 매수자가 해외에서 개설하는 일종의 지급보증 같은 것이다.

매도인은 매수자에게서 받을 매매대금을 미리 받을 수도 있고 지급에 대한 보증을 받았기 때문에 안전하게 거래할 수 있다. 또한, 매수자 역시 상품이 잘못되었거나 무역에 문제가 생기면 클레임을 제기해서 안전한 상품인수를 도모할 수 있을 것이다.

한데 만약 양쪽에서 작정하고 짜고 고스톱 치는 일을 벌인다면 은행만 개털이 되는 것이었다.

"악질이야, 악질!"

"그나저나 애당초 이런 거래에서 어떻게 신용장이 개설된다는 거야?"

"그것까진 자료에 안 나와 있어서 모르겠어. 하지만 뻔하잖아? 내부자가 있었던 거지."

"아!"

"그나저나 너 말이야! 신한결! 이런 얼토당토않은 일에는 왜 연관이 되어 있는 거냐니까?!"

한결은 이걸 어떻게 말해야 좋을지 모르겠어서 대충 둘러댔다.

"…아는 아저씨가 부탁한 거야."

-아는 아저씨? 아아아는 아저씨이이이? 둘러댄다는 게 고작 아는 아저씨냐?

양유진은 한결의 변명에 눈을 가늘게 떴다.

“너어어! 내 눈 잘 봐! 이 누나의 눈은 못 속여!”

“…갑자기 왜 이러는데?”

“이 누나 모르게 범죄 비슷한 거 저지르고 있는 거지?! 그치?!”

“그런 거 아니야. 내가 다른 건 몰라도 범죄는 절대 안 저질러. 진짜 내 이름 석 자 걸고 맹세할 수 있어!”

“음! 알겠어. 그렇다면 어쩔 수 없지.”

귀가 좀 따갑긴 했어도 한결은 양유진 덕분에 아주 대단한 정보를 손에 넣게 되었다.

‘이것이 부도 신용장 리스트였다니!’

–요즘 양 대가리 타율이 좋네!

‘그럼 부도 신용장만 가지고도 로웰과 연관된 놈들을 깡그리 잡아다 역을 수 있는 거 아니에요?’

–음, 뭐, 그렇기는 한데…….

차상식은 아무래도 뭔가 좀 걸리는 게 있는 모양이었다.

‘왜요? 뭐가 이상해요?’

–로웰이 HMN과 연관이 있다는 건 어렴풋이 알겠어. 하지만 도대체 둘이 어떤 연관이 있냐 이거지.

‘로웰이 HMN의 하부조직 정도 되는 건 아닐까요?’

차상식은 고개를 가로저었다.

–그랬으면 짜임새가 좀 안 맞아. HMN이 바보도 아니고

자회사가 저렇게까지 설치도록 내버려둘 리가 없지.

'아! 그건 그러네요.'

–뭔가… 조각이 하나 빠져 있어. 몬가, 몬가…….

차상식의 말처럼 조각이 하나 빠진 케이크와 같았다.

얼마든지 구색이야 만들 수 있겠지만, 뭔가 확실한 모습은 오히려 가늠이 되질 않는다.

'조금 더 정보를 모아 봐야겠어요.'

–저 양 대가리에게서 말이야?

'아니요, 은행원이 양 대가리밖에 없는 건 아니잖아요?'

–아, 그건 그러네. 김 뭐시기!

'김유철 정도면 그래도 정보 몇 장 정도는 나오지 않겠어요?'

차상식과 계획을 세우느라 약간 멍해져 있던 한결에게 양유진이 말했다.

"그나저나 그 아저씨 말이야, 조심하라고 그래."

"조심해? 뭘?"

"이걸 손에 꼭 쥐고 있는 한, 공정위에서 언제 치고 들어갈지도 몰라."

"헛!"

로웰투자신탁을 인수했다면 당연히 공정위라든지 검찰의 압수수색을 받게 되어 있다.

순간, 한결은 로웰 측에서 굳이 가방을 남겨 놓은 이유에 대해서 알 것 같았다.

'와! 이거 난감하네. 이런 수순이라면 로웰투자신탁에 검찰이 들이닥치는 것도 무리는 아니잖아요?'

—뭐, 그렇긴 하지.

'헐! 덫을 이렇게도 놓네.'

—대가리가 좋아 봐야 어차피 사모펀드 따까리인데, 뭐. 저놈들이 백날 지뢰를 깔고 해 봐라. 우리는 유령 그 자체인데, 어떻게 잡겠어?

'크크, 그건 또 그러네요?'

회사부터 명의까지 전부 차명인 한결을 잡는 것은 거의 불가능에 가깝다.

"그 아저씨는 걱정 마. 별일 없을 거야."

§ § §

한결이 보낸 제안서의 답장이 나흘 만에 왔다.

세부조정이 필요하긴 하겠으나 일단 조건 자체는 마음에 든다는 내용이었다.

'오케이, 됐고!'

—그럼 이제 세컨더리로 총알 장전했으니 그린에버에 대해 알아볼 차례인가?

매매시점은 앞으로 일주일 뒤, 최종 매각되는 일자는 한

달 후이다.

업계의 특성상 부품이 필요한 주기에는 무조건 맞춰 줘야 하기 때문에 인수합병도 빠르게 진행되었다.

한결은 AIB에 세컨더리 매각을 신청해 둔 뒤, 그린에버에 대해 알아보기로 했다.

그린에버에 대해 자세히 알아보기 위해 IX홀딩스의 신 프로젝트를 출범시켜 볼 생각이다.

공 대표는 한결에게 앞으로 하락세로 전환될 곡물가격 등락에 대비한다는 목적의 투자전략에 대해 전해 들었다.

"…곡물가격이 하락세로 전환된다? 이런 정보는 어디서 얻은 거야?"

"얻은 것은 아니고 여러 정보를 취합해서 제가 추측한 겁니다."

"흠!"

"만약 지금 우리가 유통라인에 제대로 줄을 댈 수만 있다면 얼마든지 이윤창출이 가능할 것으로 보입니다."

공 대표는 그린에버와 같은 회사들을 바탕으로 앞으로 수요가 늘어날 먹거리 시장에 대한 공략 자체는 상당히 흥미롭게 생각했다.

하지만 문제는 방법이었다.

"뭐, 좋아, 다 좋은데, 우리가 늘어나는 먹거리의 수요를 어떻게 잡을 것인가가 문제 아니겠어? 아무리 물건을 싸고 좋게 만들면 뭐 해? 유통마진에서 다 까먹고, 소비자들이 사 주지 않으면 말짱 꽝인데.”

식품회사의 성장에 대한 딜레마는 바로 매출상승에서 비롯된다. 아무리 용을 써 봤자 매출이 나오지 않는 식품회사는 말짱 꽝이라는 뜻이다.

한결은 이 딜레마를 해결하기 위한 방책으로 다름 아닌 신흥국을 선택했다.

“지금 우리가 가진 무역동맹의 라인만 잘 이용한다면 앞으로 수요가 계속 늘어날 가공식품 부문에서 이윤을 취할 수 있지 않을까 싶습니다만.”

“…무역동맹? 얼마 전에 확충된 항만시설 말이야?”

“뿐만 아니라 한택글로벌과 맺은 동맹까지 다 합해서 말입니다.”

“계속해 봐.”

“우리는 이제 어느 지역을 가든지 더 싸고 많은 공급을 할 수 있는 공급망을 갖추고 있습니다. 만약 그린에버의 현지 생산력을 이용한다면 오히려 해외수출 빈도를 지금보다 더 높일 수도 있을 겁니다.”

“…어떤 나라든 간에 가공식품을 아예 안 먹을 수는 없으니 가격경쟁력만 조금 더 높이면 매출은 알아서 오르겠군.”

“원자재 가격이 오른 지금이야말로 절호의 찬스라고 생

각됩니다.”

공 대표는 한결의 얘기에 눈을 반짝였지만, 여전히 문제점이 많은 상태였다.

공 대표는 한결이 역설한 것 중에서 핵심을 찔렀다.

“뭐, 찬스라고 치자고. 하지만 이번 기획은 투자의 규모 자체가 달라. 중견기업이잖아. 중소기업 수준의 회사들이 아니고.”

“맞습니다. 투자의 규모가 다릅니다. 하지만 우리 IX홀딩스 차원에서 그린에버를 정밀진단하고 앞으로 나아가야 할 방향성만 제대로 제시한다면 제가 LP를 끌어 올 수 있습니다.”

“…LP?”

“AS컴퍼니 말입니다.”

지금까지 GP로만 나섰던 AS컴퍼니가 LP로 포지션을 바꾸어서 이번에는 그린에버-IX홀딩스 라인에 투자를 한다는 것이었다.

-포지션 스위칭이라……. 나쁘지 않아.

‘언제까지 GP로 살아야 할 이유가 있나요? 필요하면 포지션을 바꾸는 게 투자자의 미덕이죠.’

IX홀딩스는 지금까지 GP이면서도 LP의 역할을 할 때가 많았다.

이번에도 비슷했다. 다만, GP의 역량을 조금 더 많이 발휘하게 된다는 것이다.

공 대표는 한결의 제안이 마음에 든 모양이었다.

"식품 분야로 진출하기엔 나쁘지 않은 청사진이로군."

"그렇다면 지금부터 프로젝트 가동할까요?"

"자네가 책임지고 한번 성사시켜 봐. 믿고 기다릴게."

"감사합니다!"

§ § §

공 대표의 결재가 떨어지고 난 직후, IX홀딩스는 빠르게 움직이기 시작했다.

가장 처음 움직인 쪽은 총괄영업본부였다.

이들은 현재 IX홀딩스가 가진 영업역량과 마케팅, 기획 단계에서 자신들이 얼마나 힘을 발휘할 수 있을지 계산해서 그린에버에 러브콜을 보내려는 것이었다.

"현재 영업본부를 통해 접선 중에 있으니 아마 최대 한 달 이내에는 답이 올 것 같습니다."

"영업제안을 보냈으니 내부사정에 대해 파악할 수 있을 것이고……."

이제부터 한결이 해야 할 일은 그린에버와 연관된 협력사, 그리고 그 주변 환경을 세밀하게 조사하는 것이다.

지금 한결이 나서는 것은 일종의 블라인드 펀딩이기 때

문에 오히려 조사할 것이 더 많고 조심스럽기까지 하지만 그만큼 장점도 많았다.

-LP로서의 첫 투자가 블라인드 펀딩이라서 알아볼 게 많겠군. 하지만 뭐, 그만큼 실패확률이 줄어든다는 장점은 있겠지?

'후후, 그래서 IX홀딩스를 GP로 둔 거죠!'

현재로선 업계 최고수준의 정보력을 갖춘 IX홀딩스를 길잡이로 이용한다면 최소한 투자에서 실패하는 일은 없을 것이다.

이는 한결이 생각하는 스타캣 인베스트먼트의 시드머니를 구성하는 것과도 직결되기에 조금 더 짜임새를 갖춰 가고 싶은 것이었다.

"요즘 그린에버의 업계 이미지는 좀 어때요?"

"여전히 유기농, 고급화 전략의 선두주자인 것은 확실합니다만… 가성비에서 크게 밀리는 느낌이 강하다고 하는군요."

"흠…… 하긴 그린에버가 원래 출발을 그런 식으로 했었으니까 당연한 일이긴 하겠죠."

그린에버는 먹거리의 고급화 전략으로 승부를 보았고, 최근 10년 사이에는 올바른 먹거리의 선두주자로서 믿음이라는 카테고리 안에서 막대한 매출을 올리고 있었다.

다만, 그 믿음이라는 카테고리가 점점 느슨해지고 있다

는 것이 문제였다.

“최근에는 대한민국의 식품기술이 워낙 발전되어 있다 보니 사실상 중소기업들도 그린에버 정도의 퀄리티를 만들어 내는 게 어렵지 않게 되었습니다. 그래서 결국에는 같은 품질을 가지고 가격경쟁에서 이겨야 하는데, 요즘 중소기업들의 생산력이 정말 무시무시하다는 것이 문제라는 겁니다.”

“안 그래도 레드오션인 식자재 시장에서 살아남으려니 고되기도 하겠죠.”

그린에버는 사방이 전부 다 경쟁자였다. 그나마 중견기업끼리의 싸움은 해 볼 만한데, 중소기업과의 싸움이 버겁다는 것이다.

“예전에는 생산량이 압도적으로 높은 중견기업이 미약한 중소기업쯤은 가볍게 압살해 버렸지만, 이제는 얘기가 다릅니다. 두부 하나만 놓고 봐도 동네 마트에만 거의 10종류가 넘는 두부가 진열되어 있잖습니까. 그런 상황에서라면 당연히 싸고 좋은 것을 찾겠죠.”

“메이커만으로 승부하던 시대는 갔다?”

“맞습니다. 네임드는 이제 식품에서 믿을 것이 못 된다는 뜻입니다.”

그런 상황에서 원자재 가격의 상승은 치명상이 되었던 것이다.

문제점은 명확했다. 또한, 인수 후의 과제들도 많았다.

하지만 적어도 한 가지는 확실했다.

'나아갈 방향은 정해졌네요.'

-가장 어려운 걸 처음부터 해결하고 들어가는 느낌이로군!

과연 앞으로 어떤 위험이 도사리고 있을지는 몰라도 일단 초반 진입은 성공적이었다.

"문제점을 찾았으니 그걸 해결하기만 하면 되는 거 아닙니까?"

§ § §

IX홀딩스의 제안을 받은 그린에버는 투자계약을 받아들였다.

이제부터는 IX홀딩스가 그린에버의 경영 및 물류 합리화를 진행할 것이었다.

IX홀딩스와 협력사들은 물류의 수정방안을 만들기 위해 한자리에 모여 머리를 맞댔다.

한결은 그린에버의 문제를 해결하기 위한 첫 번째 키워드를 제안했다.

"가장 중요한 부분은 식품의 원자재를 어떻게 조달하느냐이겠죠."

한택글로벌의 아시아 물류 운영본부의 강원형 과장은 한결의 키워드를 듣곤 손을 번쩍 들었다.

"현재 그린에버는 주로 어디에서 원자재를 조달합니까?"

"곡물은 미국과 중국에서 조달하고, 그것을 중국의 OEM 협력사에 맡기고 있는 것으로 압니다."

강원형 과장은 아주 간단하게 이 문제의 해결방안을 찾아냈다.

"방글라데시의 OEM공장을 붙여 준다면 생산단가를 5% 이상 줄일 수 있습니다. 인도에서 곡물을 수입해 OEM공장으로 넘기면 곡물가격, 인건비, 물류비용까지 모두 줄일 수 있을 겁니다."

"요즘 인도 쪽 곡물가격이 싸다고 했나요?"

"한때 흉작이 들어서 좀 고전하긴 했지만, 최근에 다시 비가 풍족하게 내려서 곡물가격이 많이 내려간 것으로 압니다."

인도의 폭염으로 거의 3년간 전 국토에 흉작이 들었고, 그것은 대아프리카 곡물수출에 차질을 빚어 전 세계적인 곡물파동이 야기되기도 했었다.

하지만 얼마 전부터 인도의 기후가 정상으로 회복되더니 아프리카에 곡물수출이 재개되었다.

'나이스 타이밍인데요?'

—인도에서 이 정도로 곡물을 생산해 낼 수 있다면, 우리로선 물 들어올 타이밍을 만난 것이나 마찬가지겠네.

'흠…… 이 정도 호재면 사실 옵션에서도 욕심을 좀 내 볼 수 있지 않을까요?'

—이참에 살림살이 새로 장만하려고? 뭐, 그것도 나쁘지는 않겠네.

인도에서 이 정도 호재가 터졌다면 한결이 곡물가격의 하락 타이밍을 정확하게 예측하는 것도 어렵지는 않을 것이다.

한결은 브렌트유의 가격하락과 더불어 맞물린 인도의 곡물생산량 증가의 호재를 더해 옵션을 매입하기로 했다. 그러면서 또 다른 한 방을 준비했다.

"곡물가격이 내려간다고 가정한다면, 앞으로 곡물을 수입할 때에 당분간 선물환으로 결제를 할 수 있는 방법을 고안해 보는 것도 나쁘지는 않겠네요."

"…아! 맞네. 그런 방법이 있었군요. 상무님께서 HBSC의 선물환 애널리스트로 계신다고 했으니 그 부분에 대해서는 어느 정도 기대를 해 봐도 좋겠네요!"

선물환으로 단 1%만 이득을 볼 수 있어도 생산단가는 크게 줄어든다.

코스트를 어떻게든 줄일 수 있다면 상품의 가격을 낮춰 국내시장에서의 가격경쟁력을 만드는 것도 생각해 볼 만하다.

"그럼 제가 선물환을 알아볼 테니까 한택에서 생산공장을 좀 추천해 주시겠습니까?"

"이미 거래하고 있는 현지 공장들이 있습니다. 할랄푸드 인증을 받은 회사도 있고, 일본 후생성의 검증을 받은 회사도 있지요."

"신뢰도를 굳이 의심할 나위가 없다면 몇 단계의 검증만 거쳐서 계약하는 쪽으로 하시죠."

한택글로벌이라는 협력사가 있다는 것이 이렇게 든든할 수가 없다.

§ § §

한결은 한택글로벌과 머리를 맞대 만들어 낸 기업조정안을 들고 그린에버를 찾아갔다.

한데 그린에버는 한결이 만들어 낸 조정안을 보곤 뭔가 썩 마뜩잖다는 듯한 표정을 지었다.

"그… 남아시아의 공장은 저희들이 거래해 본 적이 없어서 약간 위험할 것 같다는 생각이 드는데 말이죠."

"말씀드렸잖습니까. 후생성의 검증까지 받은 회사들이라니까요?"

"네, 그러긴 했죠. 하지만 후생성이라고 100% 신뢰할 수는 없는 노릇 아닌가요?"

일본 후생성의 식품검증 수준은 미국 식약처의 인증을 받는 것만큼이나 과정이 까다로운 것으로 유명했다.

하지만 그린에버는 나름대로의 철학과 규칙이라는 것이 있었다.

그것은 바로 자사의 경험을 전적으로 믿는다는 점이었다.

"저희들도 나름대로 규칙이라는 게 있습니다. 보면 아시겠지만, 우리가 5년 이상 믿고 거래해 온 회사가 아니라면 절대 식품 OEM을 맡기지 않습니다. 입에 들어가는 것, 심지어는 아기들도 먹는 식품을 제조하는데 처음 보는 회사를 믿고 의지할 수는 없는 노릇이죠."

"하지만 중국은 최근 임금상승이라든지 관세장벽 이슈가 있어서 사업을 하기엔 적합하지 않습니다."

"그래도 믿고 맡길 수 있는 신뢰도가 있죠."

그린에버는 생각보다 외골수들이었다.

-하긴 중국에서 믿고 맡길 수 있는 식품공장을 찾는다는 게 얼마나 어려운 일이겠냐? 그 점은 나도 인정!

'하지만 좀 이상한 점이 있네요. 식품이슈로 신뢰를 잃은 지가 언제인데 그런 중국에서 신뢰도를 거론하다니요.'

-왕서방한테 뭐 책잡힌 거라도 있대?

아무리 그린에버의 사정을 잘 모르는 사람이라고 해도

이건 너무 이상해 보였다.

한결은 고개를 갸웃거리며 물었다.

“만약 남아시아 쪽에서 절대적으로 신뢰할 수 있는 증거들을 보여 준다면 어떻습니까?”

“아까도 말씀드렸지만, 우리는 우리가 직접 보고 들은 것만 신뢰합니다. 남의 기준은 우리에게 적용되지 않아요.”

“증거가 있어도 못 믿겠다는 겁니까?”

“물론이죠.”

너무도 단호한 대답에 한결은 속으로 고개를 끄덕였다.

‘맞네, 뭔가 있어요!’

–아무래도 이사회와 관련이 있는 것 같은데? 그치?

‘그린에버의 이사진들 신상정보를 좀 봐야 할 것 같아요. 이번에는 우리가 LP이니까 정보공개는 당연한 권리라고 볼 수 있겠죠?’

–이사진들의 사돈에 팔촌까지도 싹 훑을 수 있지!

한결은 고개를 끄덕이며 자리에서 일어섰다.

“알겠습니다. 사정은 잘 알겠으니 차후에 다른 조정방안을 들고 찾아오도록 하겠습니다.”

“그럼 살펴 가십시오.”

일단은 한 발자국 물러서기로 한 한결은 그린에버와의 미팅을 마치고 나오면서 곧바로 마영준 간사에게 메시지를 보냈다.

[나 : 그린에버에 이사회의 명단과 이사들의 정보, 그리고 우호지분 관계를 제출하라고 요구할 수 있습니까?]

[마영준 간사 : 30분이면 됩니다. 잠시만 기다려 주십시오]

그린에버는 지금 단단히 착각을 하고 있었다.

아무리 콧대가 높고 경영철학을 고수한다고 해도 결국에는 LP가 요구하는 대로 될 수밖에 없다는 걸 까마득히 잊고 있는 것이었다.

잠시 후, 마영준 간사에게서 메시지가 왔다.

[마영준 간사 : 이사회 명단을 보내왔습니다. 우호지분 관계도 함께 보내 드리겠습니다]

[첨부파일 : 2개]

'짜식들이 도도한 척하고 있어!'

–저런 고집이 없었으면 아마 여기까지 오지도 못했겠지. 아무튼 간에 뚜껑이나 좀 열어 보자! 저놈들이 회사를 어떻게 굴리고 있었는지 말이야.

한결은 그린에버의 이사회 명단을 펼쳐 보았다.

거의 대부분이 사외이사로 채워져 있지만 사내이사가 세 명 등록되어 있었다.

'사내이사 두 명은 대표이사와 계열사 사장이고, 나머지

한 명은 상무이사라고 되어 있네요?'

—상무이사인데 직책은 없는데?

'음, 그러게요?'

이사회 명단에 적힌 이름을 바탕으로 정보를 찾아봐도 명확하게 나오는 것은 없었다.

그야말로 미스터리한 인물이었다.

—사내이사라는 건 분명히 회사에 소속되어 있으면서 지분을 가지고 있다는 건데, 저 사람은 직급만 있고 직책이 없어.

'저놈이 X맨이었네!'

차상식은 명단에 나온 '박한정' 상무의 정보를 쭉 훑더니 이내 눈을 가늘게 떴다.

—딱 돌아가는 모양새만 놓고 보면 박한정이 X맨처럼 보이지. 하지만 생각해 보면 그게 아닐 수도 있겠다는 생각도 드는데?

'X맨처럼 보이지만, 아닐 수도 있다……. 아! 그럼 혹시 누군가의 빨대 역할을 해 주는 꼭두각시라는 뜻이에요?'

—그럴 가능성도 있지만, 어딘가에서 압박을 넣어 차명으로 유령 상무이사를 만들었을 수도 있지.

'엇! 그럼 지금의 행동도 이해가 되네요. 굳이 중국의 OEM공장에 목숨을 거는 것도, 기업이 다 쓰러져 가는데도 고집을 부리는 것도요. 결국 누군가 중국 쪽의 사업가들과

짜고 그린에버에서 돈을 쪽쪽 빨아먹고 있었나 보네요.'

–이제부터 우리가 할 일은 그 빨대를 꽂은 새끼가 누구인지 찾아내는 것이겠군.

'흠! 그럼 어디서부터 수사를 시작해야 하나? 이사회 멤버를 죄다 교체해 버려야 할까요?'

차상식은 고개를 가로저었다.

–X맨을 찾는 건 그런 방식으로는 힘들어. 서서히 포위망을 좁혀 가야지.

'저놈들이 어떻게 행동하는지 천천히 지켜보면서 연결고리를 찾으려는 거예요?'

–내 생각에는 저 사외이사들을 좀 잘 조사해 보면서 떡밥을 던지는 게 나을 것 같아.

'아하! 사외이사들도 어느 정도 관련이 되어 있을지도 모르겠네요!'

–최근 이사회 구성의 트렌드는 사외이사야, 여러모로 그게 유리하니까. 하지만 생각해 보면 사외이사보다 회사에 침투하기에 좋은 수단도 없어.

'회사와는 남남이지만, 그러기 때문에 빨대를 꽂기에도 좋다!'

–그래, 바로 그거지!

이 세상의 모든 제도에는 명암(明暗)이 존재한다. 아무리 좋은 선진체제의 제도를 들여와도 문제는 발생하기 마련이다.

차상식은 그 명암 속으로 파고들어 X맨들이 만든 구멍을 찾아내려는 것이었다.

–약간은 강수를 두는 것도 좋은 방법이 되겠어.

'강수요? 어떻게요?'

–차명으로 한 300억쯤 출자해서 그린에버 보통주를 사들이는 거야.

'어? 그 정도면 딱 의결권, 손에 쥘 수 있을 정도인데?'

–공격적 인수합병이라는 떡밥을 던져 보자고. 저놈들이 과연 어떻게 움직이는가.

§ § §

슬슬 저녁으로 향하는 시간.

소파에 앉아 한가롭게 TV를 보며 맥주를 마시던 한결은 초인종 소리에 자리에서 벌떡 일어났다.

딩동!

–관리실입니다.

"네, 나갑니다!"

–오, 치킨이다!

외부인이 출입할 수 없는 아파트의 특성상 배달은 관리실에서 받아 놓는다.

한결의 오늘 저녁은 모든 직장인의 보편식인 치맥으로

정했다.

관리실에서 순살 오븐구이 치킨을 받아 와서 TV 앞에 앉은 한결은 미리 차갑게 식혀 둔 병맥주의 뚜껑을 열었다.

뻥!

―크! 소리 영롱하니 좋고!

"취향이 참 소나무 같네요. 치맥에도 병맥주라니."

―사람이 한결같아야지!

"뭐, 그럼 좋죠. 사람이 나 같다면야."

―…드립 진짜 저질이다.

"큭큭큭!"

치킨을 뜯으며 맥주를 넘기려는데 스마트폰이 울렸다.

지이이잉!

[거래완료]

[매수총액 : 30,000,000,000원[KR/W)]

"딱 시간에 맞춰 거래가 되었네요?"

―오늘 종가는 그렇게 나쁘지 않았지?

"적정가격이었다고 생각해요. 아직 거품이 끼지 않아서 다행이네요."

차상식은 정규장이 끝난 뒤, 그날 종가에 따라 운영되는 시간외거래로 주식을 사들였다.

"그나저나 왜 정규장에는 주식을 사지 않았어요?"

-조금 더 강력한 시그널을 보내려는 거야. 혼조 속에서 매입을 한 것보다는 내일 아침이면 주가가 오른 채로 시작할 테니, 아무래도 회사에 빨대를 꽂은 놈들이 더 깜짝 놀라지 않겠어?

"아하! 조금 더 극적인 연출을 위한 일이었군요!"

-주식은 정치판이라고 얘기했잖냐. 보다 극적인 게 잘 먹힌다는 거지.

"역시, 짬바는 무시 못 하겠네요."

-그럼 우리는 치킨이나 뜯으면서 놈들이 과연 어떻게 움직일지 한번 지켜보자고!

제5장 보이는 것이 다가 아닌 이유

오전 9시, 여의도 증권가의 아침이 시작되는 시간이다.

딩동!

[개장시간입니다!]

증권가에 활력을 불어넣는 '개장' 이라는 단어가 울려 퍼지면 증시라는 심장을 향해 정보의 대동맥들이 돈을 펌프질하기 시작한다. 펀드매니저들은 투자종목에 대한 상승, 혹은 하락을 가늠하며 매수와 매도를 결정한다. 그리고 그 결성은 시장에 연쇄반응을 일으킨다.

"300억 매수?"

"갑작스럽긴 합니다만, 누군가 그린에버의 주식을 시간

외거래 때 매수했습니다.”

“다 쓰러져 가는 회사에 300억의 추가투자라? IX홀딩스의 구조조정을 거부했다는 정보가 돌고 있지 않았었나?”

“공식적으로 거부를 했기 때문에 여의도에선 이미 알 사람은 다 알고 있을 겁니다.”

“여의도가 아닌 재야에서 투자가 들어왔다는 건가?”

“어떻게 할까요?”

“공격적 인수합병 가능성도 있는 거지?”

“물론입니다.”

그린에버에 수혈된 300억의 자금은 오히려 투자전문가들의 심리를 위축시키는 결과를 낳았다.

“매도해.”

“예, 알겠습니다.”

매도 결정을 내린 펀드매니저들로 인해 그린에버의 주가는 오히려 하락세로 돌아섰다.

[그린에버]

[현재 주가 : 11,020원(2.99%▼)]

주가는 하락했고, 이것은 곧바로 시장에 반영되었다.

이 한 번의 하락세 반향은 일반투자자들에게는 상당한 충격을 주었다.

–뭐야, 그린에버 하락장 시작이야?

–애초에 다 뒈져 가는 회사에 숨을 불어넣는다는 것 자체가 말이 안 되긴 했지.

–아, ㅅㅂ X됐네? 마누라 몰래 세 장이나 태웠는데.

–세 장? 3백?

–장난하나, 3천!

–지금이라도 팔아! 괜히 이혼서류 받고 질질 짜지 말고.

개미들은 시장의 변화에 발 빠르게 움직였다.

시장의 불확실성, 정보에 대한 이해가 모두 주관적이기에 자신의 사정에 맞게 매수와 매도를 결정하는 것이다.

그린에버의 주가가 다시 한번 곤두박질치기 시작한다.

"그린에버의 주가가 또 떨어졌습니다!"

"흠……."

"이쯤 되면 우리도 슬슬 발 뺄 준비를 해야 하지 않을까요?"

기관투자자들은 때론 오히려 개미들보다 늦게 움직이곤 한다.

아직은 손해구간 초반이기에 조금 더 상황을 지켜보려는 것이다.

하지만 기관투자자들 역시 손해규모를 줄이기로 결정했다.

"상황 봐 가면서 조금씩 풀어."

"얼마나 풀까요?"

"1% 하락하면 보유주식 0.5% 정도 매각하면 되겠군."

기관은 원금을 보전하는 것이 주된 목적이며 안전성을 최우선으로 한다.

이들이 그린에버의 주식을 매입했던 것도 10년 전까지는 그린에버의 건전성이 그만큼 뒷받침이 되어 왔기 때문이었다.

이제 기관투자자들은 손익을 따져 가며 시장에 주식을 서서히 풀기 시작할 것이고, 그것은 추가하락으로 이어지는 연쇄반응으로 이어질 것이다.

바로 그때였다.

[그린에버]

[현재 주가 : 10,500원(4.7%▼)]

주가가 움직였다. 누군가 대량매도를 한 것이었다.

이러한 반응은 또다시 시장에 변화를 가져온다.

"대량매도입니다! 주가가 또다시 하락합니다!"

"그린에버는 이제 나락으로 떨어지는 건가?"

불과 30분 만에 주가가 7% 가까이 떨어졌다. 이대로라면 오늘 시장에서 그린에버는 하한가의 파란 경고등에 불이 들어올 것이 분명하다.

잠시 후, 이러한 그린에버의 경고등에 부채질을 하는 사건이 터지고 말았다.

"부장님, 시장에 그린에버의 전환사채가 대량 풀렸다는데요?"

"…뭐, 전환사채?"

"현재 500억이 한 방에 매각되었다고 합니다."

"어디서 어디로 이동한 건데?"

"태선인터내셔널이 청진에셋에 매각의뢰를 했다는 모양입니다."

자산운용사들은 그린에버의 전환사채가 매각되었다는 소식에 발 빠른 대처를 시작할 수밖에 없었다.

"느낌이 안 좋군. 그린에버 주식 추가 매도해."

"알겠습니다. 얼마나 매도할까요?"

"손 털어."

하나둘 그린에버에 담갔던 손을 털기 시작했다.

결국 오늘, 그린에버는 하한가의 위기에 봉착하고 말았다.

§ § §

차상식이 던진 300억이라는 미끼는 실로 놀라운 사실을 수면위로 밀어 올렸다.

그린에버에 심어 놓은 빨대라는 것이 사실은 태선인터의 작품이었다는 것이 밝혀진 것이었다.

"와! 진짜 상상도 못 했네!"

–중국 쪽에 물류라인을 대거 굴리고 있다는 건 알았는데, 그렇다고 해도 식품회사에 이렇게까지 대놓고 빨대를 꽂았을 줄은 몰랐네.

"아하! 한중일 편중 물류라인?"

–그래, 아시아 집중화 전략 말이야. 한택글로벌과는 다소 다른 노선을 선택했었단 말이지.

"태선인터가 이렇게까지 양아치인 줄은 몰랐는데요."

–기업 중에 양아치 아닌 놈들 찾는 게 쉬운 일은 아닌데, 태선인터는 그중에서도 난놈이라고 해야겠네.

"그런데 태선인터가 굳이 이렇게까지 하는 이유가 뭘까요?"

–글쎄다. 공정위의 압박 때문일 가능성도 있고, 모회사의 프레스가 너무 극단적이었을 수도 있는 거고.

"흠……."

–이유야 어쨌건 간에 양아치 짓을 했다는 건 변하지 않는 사실이지. 안 그러냐?

"맞아요, 그런 사실은 변하지 않죠. 아무튼, 그렇다면 이제 우리는 그린에버를 마음 놓고 재조정할 수 있겠네요?"

–그건 그린에버랑 다시 만나 보면 알게 되겠지?

한결은 곧바로 그린에버 본사로 향했다.

그린에버는 다소 침체한 분위기로 일관하고 있었다.

"…물류 재조정을 결국 관철하겠다는 말씀이시네요?"

"그래야 우리도 투자 이득을 챙겨 갈 것 아닙니까."

"하지만 저번에도 말씀드렸다시피 우리는 우리가 보고 들은 것만 믿습니다. 남아시아의 회사들은 믿을 수가 없네요."

"우리가 투자금을 뺀다면, 혹은 펀드가 철수한다면, 그린에버는 시가총액이 반 토막 날 텐데요? 그래도 우직하게 기존의 정책을 그대로 밀고 나가시겠다고요?"

"시가총액이 쪼그라들면 사세를 축소할 수도 있겠죠. 하지만 그렇다고 해서 회사의 정책까지 바꿀 수는 없습니다."

한결은 고개를 갸웃거렸다.

'지금 이게 투자자 앞에서 할 소리인가?'

—큭큭! 저런 또라이 기질은 정말 매력적이긴 하네!

'투자를 받은 쪽이 이렇게까지 당당하기가 쉽지 않은데. 뭔가 믿는 구석이 있다거나, X맨을 잘못 찾은 건 아닐까요?'

—그럴 가능성도 있지.

'흠! 그렇다면 태선인터는 그저 숟가락만 얹으려 했던 거고, 실제로는 X맨은 찾아내지 못한 거다?'

결론이 아주 찝찝하게 나 버렸다.

하지만 차상식의 수사는 이제 시작이었다.

—그래도 최소한 한 가지는 알아냈잖냐. 태선인터가 숟가락을 얹었다! 저놈들이 숟가락을 얹은 이유를 알아내면 X맨을 찾는 건 어렵지 않을 거야.

'하긴 태선인터는 대기업 산하 기업집단이니 오히려 동작이 더 크게 느껴질 수밖에는 없겠네요!'

대기업이 움직였다면 그만한 흔적이 남는다. 남들보다 더욱 은밀히 움직일 수 있는 것이 대기업이지만, 아이러니하게도 막상 출자를 하면 그 흔적이 강렬하게 남기 마련이다.

한결은 일단 물러섰다.

"뭐, 좋습니다. 정 그렇게 생각하신다면 물러날 수밖에요."

"그래도 투자금을 회수하겠다는 말씀은 안 하시네요?"

"그런 말은 더 나중에 해도 늦지 않겠죠."

말투로 미루어 보자면 그린에버는 IX홀딩스가 일선에서 빠질 것이라는 걸 알면서도 이런다는 것 같았다.

'어쩌면 이거, 계획된 밀당이 아닐까 싶기도 한데요?'

—너도 느꼈냐?

'세상 멍청한 짱구 대가리라면 몰라도, 저걸 그냥 넘기는 사람은 없겠죠.'

—흠!

차상식은 아예 사건을 원점에서부터 다시 되짚어 보았다.

–대진은행에서 뜬금없이 너를 찾아왔어. 왜일까?

'양 대가리가 압박을 받았으니 그랬겠죠.'

–그렇다면 그 압박을 준 사람은? 대진은행 상사? 아니면 재계인사?

'공정위… 일 가능성이 높죠.'

–그래, 공정위. 공정위가 압박의 원인일 가능성이 가장 높지.

'그럼 이 사건을 공정위가 꾸며 놓았다는 거예요?!'

–공정위가 꾸민 게 아니라, 공정위가 대진은행을 압박할 수 있도록 누군가 판을 짜 놨다는 거지.

'흑막이 따로 있다는 거예요?'

–이 시점에서 생각해 볼 수 있는 흑막의 조건은 두 개야. 하나는 대형유통사와 손을 잡고 있거나 잡으려고 한다는 것, 다른 하나는 최근 공정위의 주목을 받을 만한 일을 했다는 것.

'대형유통사, 공정위의 주목… 어? IL그룹?!'

–아무래도 그쪽이 의심된단 말이지.

다소 충격적이긴 해도 IL그룹이 배후였다면 말이 된다.

"저기 혹시 말입니다."

"…네?"

"설마 대형마트 단독입점이라든지, 뭐 그런 조건을 제안

받은 건 아니죠?”

순간, 그린에버 담당자들의 눈동자가 흔들렸다.

“…그, 그럴 리가 있습니까? 그럼 이 걱정을 할 이유도 없죠. 참으로 이상한 상상을 하시네요.”

어쩐지 말이 길다.

한결은 누가 보아도 수상한 이 그림이 말하고 있는 것이 무엇인지 어렵지 않게 알 수 있었다.

–빙고네, 빙고!

‘도대체 IL그룹이 왜 이런 짓을?’

–그 목적을 알아낸다면 게임은 끝이지, 여러모로 말이야!

§ § §

한결은 공 대표에게 그린에버에 대한 구조조정은 사실상 어려울 것 같다는 내용의 보고서를 올렸다.

공 대표는 보고서를 보자마자 뭔가 이상함을 감지했다.

“…이게 맞아? 사실이야?”

“그렇습니다.”

한결은 철저하게 사.실.만.을 나열해서 보고서를 적었다.

다만 보고서의 분위기를 ‘중국’ 쪽으로 포커스를 맞췄을 뿐이다.

분명 사견은 들어가지 않았으나, 보고서를 읽으면 누구

라도 눈치를 챌 만한 수준이었다.

"뭐야, 그럼 결국엔 세계그룹 정도 되는 파트너의 제안을 받았다는 소리잖아?"

공 대표는 한결의 보고서를 보자마자 세계그룹의 접근에 대해 알아챘다.

그리고 아주 자연스럽게 IL그룹이라는 단어를 떠올릴 수밖에 없었다.

"설마 한 전무 이 인간이?"

"대표님, 혹시 한 전무가 세계그룹과 손잡는 데 그린에버를 써먹으려고 했던 걸까요?"

"이건 바보가 아닌 이상에야 그렇게 생각될 수밖에는 없지!"

"하지만 이유가 뭘까요?"

"…이유? 당연한 소리를 하는군. 주주총회에서 IL그룹의 이사회 명단 조정을 상정하기 위함이잖아."

"우리를 물 먹여서 말입니까?"

"주주총회에서는 IX홀딩스의 편입을 반기는 분위기야. 왜냐? 요즘 IX홀딩스가 잘나가고 있잖아. 그런데 그러면 그럴수록 부회장님의 영향력은 커져. 결국 이사회에서의 발언권 자체가 점점 오너 일가 쪽으로 기운다는 뜻이지. 그래서 IL그룹은 예전부터 꾸준히 IX홀딩스를 견제해 온 거야. 무슨 말인지 알아?"

“아!”

“이사회 밖에 있는 사람들은 그 내막을 잘 몰라. 하지만 당사자들은 너무나도 잘 알아. 왜냐? 그걸 피부로 느끼거든!”

순간, 한결은 뭔가 빠져 있는 것 같던 조각을 하나 찾아낸 느낌이 들었다.

‘뭐야, 그렇다면 태선인터가 예전에 우리 물류동맹에 끼어들었던 것도 이런 이유였던 건가? IX홀딩스를 물 먹여서 이사회의 주도권을 잡으려고!’

–그럼 뭐, 게임 끝났네! 이참에 한 전무인지 흠 좀무인지 하는 새끼한테 엿 한번 먹여 주자고!

§ § §

한결은 이른 아침부터 바쁘게 키보드를 두드렸다.

지금까지 모아 온 그린에버에 대한 자료를 보고서 한 권으로 압축하고 있었다.

[…물류 합리화 및 원가조정에 대한 방침]

보고서의 내용은 총생산비용을 15% 이상 절감시키고, 더 나아가 상품의 가격을 확 낮춰서 시장에서의 경쟁력을 키운다는 것이었다.

—음! 보고서 내용 괜찮네. 짜임새 있고.

'그럼 이제 이걸 어디에 먼저 투척할까요?

—투척할 필요 없어. 바이럴 전략, 기억하지?

'아하! 판을 흔들어라!'

한결은 지금까지 차상식의 가르침에 따라 충실히 스킬을 익혀 왔다.

이제부터는 그 스킬을 시장에서 유감없이 실천해 볼 때이다.

한결은 보고서를 몇 번을 다듬어서 완성했다.

'됐다!'

—자, 그럼 이제부터의 행동은 네게 맡기마. 뭘 첫 번째로 해 볼래?

'일단은 여론부터 조성해야죠. 우리가 LP의 요구를 받아 보고서를 작성했고, LP는 그것을 투자자들에게 서한으로 보낸다. 뭐, 그런 스토리로 여론을 만들어 볼까 싶네요!'

—큭큭큭! 그래, 여론을 조성하는 게 정치의 기본이지.

한결은 AS컴퍼니를 그린에버의 대주주이자 LP로 만들어 놓았다.

이제는 그 지위를 마음껏 이용하려는 것이었다.

보고서 작성을 끝낸 한결은 AS컴퍼니의 회사 이메일로 서류를 발송했다.

'내가 쓴 보고서를 내 회사로 보낸다는 게 참 웃기긴 하

네요.'

–혼자 북 치고 장구 치고, 그림이 웃기긴 하네! 큭큭!

약간의 자괴감이 들려고 했지만, 그래도 구색을 맞추려면 어쩔 수 없었다.

한결은 이번에는 AS컴퍼니의 계정으로 로그인해서 이메일을 열었고, 그 내용물을 다시 마영준 간사에게 옮겨 주었다.

[나 : 이 내용을 주주들에게 서한으로 보냈으면 합니다. 가능할까요?]

[마영준 간사 : 내일이면 주주들이 서한을 받아 볼 수 있을 겁니다]

'역시 빠르다!'

–진짜 실행력 하나는 인정해 줘야 한다니까.

'자, 그럼 이제 내일쯤 슬슬 우리 여왕벌에게 먹이를 좀 줘 볼까요?'

–양 대가리에게 뭘 주려고?

'아! 그 여왕벌 말고 유미연이요.'

차상식은 유미연이라는 이름을 듣자마자 절로 고개를 끄덕였다.

–그치. 신문보다 확실한 바이럴도 없지!

§ § §

잔잔한 물결이 이는 저수지에 낚싯대를 드리운 유미연은 연거푸 네 번째 미끼를 털리고 있었다.

그러다 찌가 수면 아래로 쏙 빨려들어 가는 것이 보였다.

퐁!

“왔다!”

정말 오랜만에 머리도 좀 비울 겸 찾은 저수지 민물낚시 포인트에서 유미연은 고전을 면치 못하고 있었다.

하지만 이번에는 뭔가 확실한 손맛이 느껴진다.

“……큰데?!”

기자생활을 하면서 머리가 복잡한 순간들이 워낙 많았던 터라 선배들을 따라서 머리를 비우는 연습을 하다 보니 자연스레 민물낚시와 친해지게 된 것이었다.

유미연은 덜덜 떨리는 낚싯대를 애써 부여잡으며 대물의 기운이 느껴지는 놈과의 사투를 벌이기 시작했다.

활처럼 휘는 낚싯대를 서서히 들어 올리자 저 멀리 아스라이 그 신영이 보이는 것 같았다.

긴 몸통, 엄청난 힘, 아무래도 가물치가 확실해 보인다.

“이번엔 진짜로!”

바로 그때였다.

지이이잉!

스마트폰이 울리자 유미연은 무심결에 고개를 옆으로 돌려서 낚시용 의자에 올려놓았던 스마트폰의 액정을 바라보았다.

[페이스 톡]

[발신자 : 이상한 제보자]

"앗? 아니, 하필이면 왜 지금?!"

유미연은 요즘 로웰투자신탁이 투자귀신에게 인수되었다는 소식을 듣곤 그 꼬리라도 잡기 위해서 동분서주하고 있었다.

특종을 건지겠다는 일념이었지만, 그게 말처럼 쉽지가 않았다.

아무리 동분서주해도 뭔가 확실한 정보를 건지는 게 불가능한 것이었다.

"…뭔가 할 말이 있는 건가? 아니, 진짜! 타이밍 엿 같네! 젠장!!"

결국 유미연은 대물을 포기하고 정보를 선택했다.

"네, 여보세요?"

–안녕하십니까? 제보 드릴 것이 있어서 전화했는데, 통화 가능하십니까?

"그럼요. 그나저나 오랜만이네요?"

—얼마 전에 뵙지 않았…….

"음? 우리가 통화를 한 적이 있었던가요? 한동안 안 보이셔서 아예 발길을 끊은 줄 알았었는데."

—…착각했나 봅니다. 다른 언론사와도 인연이 있다 보니.

순간, 유미연 표정이 미묘하게 일그러져 버렸다.

지금까지 저 이상한 제보자가 자신에게만 정보를 준다고 굳게 믿고 있었기 때문이었다.

"아! 다른 회사와도 일을 하세요?"

—네, 뭐, 아무래도. 때에 따라선 정보를 다변화해야 하는 것이 세상 이치 아니겠습니까?

"…그렇긴 하죠."

유미연은 이제야 현실을 자각했다.

'그렇지, 이렇게 대단한 정보력을 가진 사람이 나 한 명만 바라본다는 것도 말이 안 되긴 했어!'

원래 대단한 사람의 곁에는 대단한 사람이 머물기 마련이다. 한데 지금까지 유미연은 집념과 집착만 있었을 뿐, 자랑스럽게 내세울 결과물은 쉬이 떠오르지가 않았다. 어쩌면 이 제보자가 있었기에 여기까지 올 수 있었던 것인지도 모른다.

그렇게 생각해 보면 답이 딱 나오는 문제였다.

'조금 더… 적극적으로 할 필요가 있어!'

유미연은 이제 제보자와의 관계에서 밀당을 하겠다는 마음부터 버리기로 했다.

“그나저나 어떤 제보를 하시려고요? 기사는 언제든 준비할 수 있으니 편하게 말씀하세요!”

–얼마 전에 주가폭락을 겪은 그린에버 기억나십니까?

“그린에버? 모를 수가 없죠. 사회부에서도 그 기사를 다룬 적이 있어요. 에그플레이션 때문에 밥상물가까지 휘청인다고요.”

국제정세에 따라 흔들리는 것이 물가다. 하지만 요즘의 물가상승률은 정말 터무니없을 정도로 높았다. 그러니 그린에버 폭락사태가 더욱 강렬하게 조명되는 것이었다.

“그런데 그게 왜요?”

–그런 그린에버의 구조조정을 단행하려는데 본사에서 거절을 했다더군요. 그것도 생산비용의 최소 15%를 절약할 수 있는 획기적인 아이디어인데 말이죠.

“…15%면 상품판매 가격마저도 후려칠 수 있는 수준인데요?”

–하지만 그걸 거부하고 있다는 거죠. 그것도 몸과 마음을 다해서요.

“오호?”

요즘 먹거리에 대한 얘기가 많았다. 그래서 그에 얽힌 비하인드 스토리도 많았는데, 유미연은 지금이 그것들을 풀어놓을 때임을 직감했다.

"그린에버가 중국에서 식품을 만들어서 한국으로 들여오잖아요? 그게 잘하면 세계그룹의 대형마트로 꽂힐 수도 있다는 찌라시가 돌더란 말이죠. 근데 이게 웃긴 게, 세계그룹이 그린에버의 식품을 받아 주기로 한 곳이 중국 현지 생산체계라서 그랬단 말이 있어요."

–중국 현지? 굳이 그럴 이유가 있습니까?

"세계마트가 중국에서 철수한다는 얘기가 있었는데, 그게 알고 보니까 중국이 자국 회사들을 밀어주기 위해 한국 회사들을 축출하고 있는 것이었더라고요."

–…그래요?

"한데 법이 좀 이상해요. 중국 현지에서 생산되는 제품이라면 얼마든지 대형마트를 유지할 수 있다는 것이고, 해외에서도 일정수준 이상의 매출을 올리면 마트 세력을 유지할 수 있다는 거예요."

–그건 그냥 중국의 생산율을 높이겠다는 수작인 거잖아요? 요즘 너 나 할 것 없이 알타시아로 자리를 옮기는 와중이니까.

"맞아요, 탈중국 자본을 붙잡기 위한 하나의 계책인 셈이죠."

–음!

이 바닥에서 떠도는 찌라시를 들려주니 그가 반응하는

것 같았다.

이제 이 타이밍에 절묘하게 분위기를 바꿔 주기로 했다.

"뭐, 아무튼 간에 그린에버의 뭘 제보하고 싶으신 건가요?"

–작게 기사 하나만 내주셨으면 하는 겁니다. 이렇게 좋은 기획이 있다. 하지만 모종의 이유로 채택이 되지 않고 있다. 이렇게만 말입니다.

"그렇게 하려는 이유라도 있으신가요?"

–아직은 말씀드리기 어렵습니다.

역시 중요한 순간에선 한 발자국 물러선다.

하나 그는 절대 그냥 물러나는 법이 없었다.

–대신 당신이 원하는 자료 하나를 무조건 내어 드리겠습니다.

"원하는 자료요?"

–최근에 당신이 쫓고 있는 사건이나 사고, 그에 대한 정보를 제가 가지고 있다면 얼마든지 내어 드릴 생각이 있습니다.

"…정말요?"

예전과는 뭔가 좀 다른 모습이었다.

분명 그는 선택은 자신이 하고, 유미연은 그저 받아먹는 방식이었다.

하지만 지금은 유미연에게 선택지를 주었다.

뭔가 큰 변화가 있다는 뜻이었다.

“좋아요! 그럼 요즘 내가 쫓고 있는 사건에 대해 말씀드릴게요. 로웰투자신탁에 대한 정보를 모으고 있었어요.”

–아! 저번에 우리가 얘기했던 주가조작 사기세력을 쫓고 있는 거군요.

“반드시 잡아서 없애야 할 놈들이니까요.”

그는 고개를 끄덕였다.

–그래요, 당연히 그래야지요.

“나는 로웰에 대한 정보를 얻고 싶어요. 혹시 가지고 계세요?”

–음…… 지금 당장은 아니고, 조금만 기다리면 아주 흥미로운 것을 손에 넣을 수 있을 것 같습니다.

“흥미로운 것이라니요?”

–놈들이 감춘 자금세탁 장부를 손에 넣은 것 같거든요.

“…네?!”

순간, 유미연은 너무 놀라서 그만 손에 쥐고 있던 낚싯대를 떨어뜨리고 말았다.

좌라라라락!

낚싯대에 걸렸던 가물치가 입에 바늘을 문 채로 낚싯대를 끌고 저 멀리 도망쳐 버렸다.

그럼에도 불구하고 유미연은 일말의 미동조차 없었다.

지금 중요한 건 낚싯대 따위가 아니었기 때문이다.

‘대박이다! 이 사람, 진짜 보통 인물이 아닌 것 같아!’

§ § §

유미연의 기사는 불과 하루 만에 지면을 장식했다.

[IX홀딩스의 물가상승 잡는 신박한 해법. 그러나 관련사는 모른 체…]

기사의 내용은 IX홀딩스가 아주 기가 막힌 생산원가 줄이는 방법을 찾아냈으나 수혜자 쪽에서 거부한다는 것이었다.

이건 누가 봐도 그린에버가 뒤로 뭔가 꿍꿍이를 숨기고 있다는 것을 알아챌 만했다.

"얘도 참, 기사가 많이 늘었네."

–짬이 차는 거지. 어느 바닥이고 어느 정도 발을 담그고 있다 보면 경험치라는 것이 쌓이게 마련이고, 할 의지만 있다면 실력은 늘기 마련이야. 그나저나 이제 킥을 꽂아 넣을 타이밍인 것 같은데, 뭘 어쩌려고?

"세계마트가 혹할 만한 제안서를 넣으면 어떨까 싶어요."

–세계마트?

"IL이 아닌 우리 IX와의 계약으로 노선을 확 틀게 만드는 거죠!"

—나쁘지 않은 계획인데?

"IL그룹은 세계그룹을 이용해 한국의 유통업계를 장악하고 싶은 것이고, 세계마트는 중국에서의 버티기 작전에 들어가고 싶은 거잖아요? 하지만 잘 생각해 보면 그건 정답이 아니에요. 왜냐? 지금으로선 엄청 불합리하고 미래지향성도 밝지 않죠. 하지만 중국이 한창 유통업체들을 밀어줄 때 건물을 좋은 값에 팔고 남아시아로 떠난다면 얘기는 달라져요."

—그 돈으로 더 좋은 인프라를 구축할 수 있으니까?

"빙고!"

차상식은 한결의 청사진에 한 표를 던졌다.

—좋아! 이번에는 이걸로 간다!

"그럼 그 전에 일단 그린에버 주주들 반응부터 좀 살펴볼까요?"

아마 지금쯤이면 주식 게시판에 슬슬 입질이 올 것이다.

한결은 성공시대 어플을 켰다.

그러자 사방팔방에서 그린에버 얘기가 올라오기 시작했다.

[…그린에버의 어두운 일면에 대하여]

[식품유통은 도대체 뭘 숨기고 있는 것인가…]

[그린에버, 이쯤에서 손절하는 것이 맞는 것 같습니다…]

"오케이! 판 잘 깔렸고!"

-이젠 뭐, 그린에버도 별수 없겠군. 거기에 중국몽만 사라진다면?

"게임은 오버!"

§ § §

그린에버의 중국몽을 지워 버리는 일이 간단해 보이지만 어려운 일이었다.

하지만 절대 불가능한 일도 아니었다.

한결은 자산운용실을 움직여 최근 세계그룹이 과연 어떤 문제에 직면하고 있는지 알아냈다.

"물류체화……."

"최근 중국의 항구가 제 기능을 하지 못하게 되자 베트남의 항구가 보다 비약적으로 발전하기 시작했습니다."

"확실히 중국의 대체 항만 국가로 베트남이 지목되기 시작하긴 했죠."

"세계그룹이 타격을 받은 궁극적인 이유는 바로 물류의 기능상실 때문입니다."

"중국의 자국 마트 밀어주기 정책 때문이 아니라요?"

"그것도 핵심 중의 하나이긴 합니다만, 만약 세계그룹이 현지의 기업들보다 월등히 높은 물류효율을 보여 주었다면 중국이 절대 그들을 내칠 리는 없었을 겁니다. 최근 중국의 인플레이션도 상당히 높은 수준이기 때문이죠."

"쓰다가 별 효용이 없으니 버린 것이다?"

"어차피 대체카드가 많은 중국에서 굳이 세계그룹을 고집할 이유가 없다는 거죠."

이제 중국은 예전의 중국이 아니었다.

자국이 가진 13억 내수시장은 탄탄한 경제의 중심이 되어 줄 것이라는 확고한 믿음이 있는 것이다.

그러나 아이러니하게도 세계화 시장에서 사실상 발을 빼버린 중국의 경제는 끝도 없는 나락을 향해 가라앉고 있었다.

한결은 이런 상황 속에서 벌어진 중국의 물류사업의 확장전략에 휘말린 세계그룹을 구해 주기로 결심했다.

"세계그룹의 물류를 우리가 조정해 주고, 중국을 대체할 시장을 찾아 주기로 합시다."

"지금 세계그룹은 IL그룹과 프로젝트를 진행 중인 것으로 압니다만."

"네, 물론 그렇겠죠. 하지만 이제 우리는 어차피 IL그룹과 한 식구가 될 텐데 문제 될 거 있습니까?"

"아!"

아직 IX홀딩스는 IL그룹의 계열사가 아니었다.

하지만 이제 곧 그렇게 될 것이라는 확신과 계획이 있었다.

이것은 한결이 물류 합리화 방안을 가진 상태에서는 엄청난 힘을 발휘할 호재가 될 수 있다.

—이제야 좀 판을 가지고 노는 스킬이 생겼군. 나쁘지 않아.

'이젠 저놈들이 절대 거부할 수 없는 강력한 한 방만 준비하면 될 것 같은데 말이죠.'

—이미 네가 손에 쥔 카드가 그렇게 많은데, 뭘 걱정하고 그러냐?

'카드? 아, 물류동맹!'

—세계그룹은 재벌집단이지만 GL이나 삼선, 대현과 같은 초일류 기업들과는 약간 거리가 있어. 그건 재계서열만 봐도 쉽게 알 수 있지.

'그런 동맹에 세계그룹을 끼워 준다면…….'

—아마 쌍수를 들고 환영할 거다!

그제야 자신이 가진 무기에 대해 자각했다.

한결은 동맹체에 메시지를 전했다.

"물류동맹체들에게 전하세요. 남아시아 식품사업에 진출하기 위해 물류동맹에 세계그룹을 초대하는 것이 어떠하냐고."

"동맹체들이 과연 받아들여 줄까요? 그들에게도 뭔가 떨어지는 게 있어야 손을 잡을 텐데 말이죠."

"잊었어요? 세계그룹은 동아시아의 월마트입니다. 저 사람들 입장에서도 세계그룹은 캐시 카우를 키워 줄 목동이란 말입니다."

"아!"

"14억 인구의 인도에 세계그룹이 등판하게 된다, 남아시아 전체에 영향력을 갖추게 된다면 삼선과 GL동맹은 당연히 세계그룹을 지지하게 될 수밖에 없습니다. 대현? 그들이라고 다를 바 없죠!"

한결의 한 마디에 자산운용실은 뭔가 영감을 얻은 모양이었다.

그들은 제대로 열의를 불태우기 시작했다.

"…좋은 기획안을 작성해서 보내 좋은 결과를 얻어 오겠습니다!"

"열심히 해 봅시다!"

§ § §

그날 오후. 한결은 그린에버에 보낼 새로운 기획안을 작성하고 있었다.

원래 이런 업무는 상무이사의 일은 아니나 한결은 자신의 설득력 있는 보고서가 이 일에 반드시 필요하다고 믿고 있었다.

—음…… 확실히 설득력 있는 기획안이 만들어지기 시작

했군. 아무래도 담당자가 직접 보고서를 쓰니 일에 뭔가 짜임새가 생기는 느낌이잖아.

'기획안이 다 작성되면 그린에버로 바로 그냥 달려가면 되겠죠?'

-그래, 바로 그냥 달려가면 되겠네.

한결은 세 시간 동안 공들여 기획안을 작성한 뒤, 그것을 출력해 오라고 지시했다.

그리고 잠시 후, 상무이사 집무실로 세 명의 보고자가 올라왔다.

바로 오늘 물류동맹체들에게 제안서를 가지고 찾아간 사람들이었다.

"어떻게 되었습니까?"

"삼선과 GL은 오케이했습니다 만, 대현이 약간 서운한 모양입니다."

"…서운하다니?"

"아무래도 대형마트에서 자동차를 파는 것은 좀 그렇지 않나, 그래서 자기들이 참여하기엔 무리가 있다고 판단했다고 합니다."

"세계그룹이 대형마트만 가지고 있는 게 아닌데?"

아무래도 한결의 기획이 제대로 전달된 것 같지가 않았다.

한결은 직접 기획안을 다시 작성해서 대현그룹을 찾아가기로 했다.

"오늘 저녁에 담당자를 좀 만나 봐야겠어요. 혹시 약속 잡을 수 있어요?"

"담당자인 오석진 부장에게 연락을 취하겠습니다."

한결은 고개를 가로저었다.

"담당자 말고 실권자와의 약속을 잡아 줘요. 기왕이면 상무급으로."

"아! 네, 알겠습니다!"

아무래도 담당자보다는 업무에 대한 부결유무를 손에 쥔 실권자와 바로 만남을 갖는 것이 효율적이다.

한결은 전화번호를 받아 직접 자신이 연락을 취해 보기로 했다.

"연락처 알고 있어요?"

"방금 받아 온 것이 있습니다."

전화번호를 받아 대현차의 상무이사 안규석과의 통화를 시도했다.

–네, 안규석입니다.

"안녕하십니까, IX홀딩스의 신한결 상무라고 합니다. 혹시 통화 가능하십니까?"

–아, IX홀딩스? 물론이죠.

물류동맹의 중심축이 신한결이라는 것을 모르는 사람은 없으므로 역시 통화 자체는 상당히 수월하게 진행되었다.

이제부터는 상대를 어떻게 구워삶아 협상테이블로 끌어

오느냐가 관건이다.

한결은 떡밥을 던졌다.

“우리 IX홀딩스가 최선을 다해서 생산비용을 절감해 드리고는 있습니다만, 그래도 기왕이면 회사의 이윤을 조금이라도 더 높일 수 있는 방안을 생각하시는 것이 낫지 않겠습니까?”

–이윤을 높인다……. 어떤 방식으로 말입니까? 방금 전에 들은 보고에 의하면 세계그룹을 우리 동맹에 포함시키고 싶어하신다는 것 같던데. 그 회사들과 우리는 시너지 관계를 만들어 내기가 쉽지 않은 모양입니다만.

“대형마트의 판매력만 놓고 본다면 당연히 그렇겠지요. 하지만 판을 조금 더 넓히면 얘기는 달라집니다.”

–판을 넓혀? 어떻게 말입니까?

“각종 프로모션, 심지어는 판매상품에 인쇄되는 로고에까지 광고를 붙일 수 있습니다. 우리가 노리는 시장은 14억의 인도, 1억 7천의 방글라데시입니다. 도합 16억에 육박하는 엄청난 인구의 시장을 우리가 섭렵하려 한다는 거죠. 그런 시장에 마트를 세우고 물건을 판매한다면, 광고효과야 굳이 말할 필요도 없지 않을까요?”

–오호? 확실히 그건 그러네요.

“만나서 진지하게 얘기해 보심이 어떠신지요?”

–그럼 그럴까요?

안규석은 공식적으로 한결의 제안을 발로 걷어찬 사람치곤 이 제안을 너무 쉽게 받아들였다.

마치 기다리고 있었다는 듯이 말이다.

'어째 내가 자신을 찾아올 줄 미리 알고 있었다는 듯한 행동인데요?'

―여기까지 모두 철저하게 계산되어 있었겠지. 아무리 짬이 차도 눈치가 없으면 중역으로는 못 올라가는 게 당연하니까.

'그렇다면…… 나랑 만나서 뭔가 도모해 보고 싶다는 생각을 한 것일까요?'

―판이 딱 그렇게 돌아가고 있지 않냐?

얘기만 듣고 보면 안규석은 한결과의 특별한 자리를 만들고 싶어서 일부러 IX홀딩스의 제안을 거절했다는 것이 된다.

과연 안규석은 도대체 왜 한결과의 만남을 가지려 한 것일까?

한결은 그에 대한 답을 찾기 위해 길을 나섰다.

§ § §

강남의 고급 비즈니스 클럽 안.

화려한 술집 외관에 비해 술자리는 위스키 하나에 주전

부리 약간으로 아주 소박하게 차려져 있었다.

외부의 소란과 단절된 조용한 자리에서 안규석은 한결과 마주 앉았다.

“고요하죠?”

“다른 비즈니스 클럽과는 약간 차이가 있군요.”

“조용히 얘기하고 싶을 때 찾는 곳이라서 그렇습니다.”

무척이나 조심스러운 성격의 안규석은 흔히 찾던 호스티스조차 동행시키지 않았다.

듣는 귀는 적을수록 좋다는 것이었다.

“제가 드린 제안은 어떻게 좀 생각해 보셨습니까?”

“제안은 마음에 듭니다. 상무님의 생각대로 하시죠.”

“감사합니다! 그럼 계약을 바로 진행해서…….”

“오늘 상무님을 뵙자고 한 건 사실 다른 목적이 있어서입니다.”

안규석은 굳이 돌려서 얘기할 마음이 없는 모양이었다.

애초에 그가 이곳에 나온 목적이 물류동맹 얘기가 아니라는 것쯤은 익히 알고 있었기에 한결은 크게 놀라지는 않았다.

“어느 정도 예상은 하고 있었습니다. 제게 따로 원하시는 것이 있으신 겁니까?”

“원하는 것은 없습니다. 다만, 한 번쯤은 확인해 보고 싶었습니다.”

"네? 어떤 것을 말입니까?"

"투자귀신, 맞으시죠?"

아주 잠깐이지만, 한결은 분명 당황했다.

다만, 그 시간이 워낙 찰나였기 때문에 안규석이 눈치를 챌 정도는 아니었다.

'포커페이스 유지 못 할 뻔했네!'

-네가 스포츠카를 타고 다니면서부터 투자귀신의 정체를 아는 사람들이 하나둘 늘어나고 있는 모양인데?

'그나저나 안규석은 그걸 어떻게 알았을까요?'

-AIB와 대현 정도면 사이가 꽤나 가깝겠지. 상업자본과 투자은행이 친한 건 당연한 일이니까.

'흠…….'

과연 어떻게 대답을 줘야 하는 것일까.

잠시 고민하던 한결은 다소 애매모호한 답변을 주었다.

"저는 투자귀신입니다."

"아! 역시!"

"하지만 동시에 아니기도 하죠."

"…그게 무슨 말씀이십니까?"

"제가 드릴 수 있는 답변은 이것뿐입니다."

안규석이 한결의 정체를 왜 궁금해하는 것인지 아직 정확히 알 수 없기에 한결은 방어벽을 친 것이었다.

하지만 안규석은 한결이 부정을 하든 긍정을 하든 크게

신경 쓰지 않는 모양이다.

"뭐… 본인이 투자귀신이 맞든 아니든 간에 어느 정도는 관계가 있다고 생각해도 되겠군요. 그렇죠?"

"네, 그렇습니다."

"그럼 됐습니다. 제가 궁금한 것은 투자귀신이 누구인가가 아니라, 그와 연이 닿으려면 어떻게 해야 하는가, 였거든요."

"아!"

안규석은 한결에게 '자동차 전장 및 파워트레인 사업 수정방안' 이라는 제목의 대현그룹 내부 보고서를 건네주었다.

보고서에는 전기상용차에 대해 남아시아 시장 확장전략을 펼친다는 내용이 나와 있는데, 전장부품과 파워트레인을 인도에서 생산한다는 것이었다.

"삼선, GL과는 이미 얘기가 끝났습니다만, 우리는 생산거점을 인도로 옮겨 본격적인 남아시아 공략과 아프리카 시장을 겨냥한 확장전략을 구사하고 싶습니다. 하지만 그러자면 우리가 부담을 짊어져야 할 부분이 너무 많다는 것이 문제입니다."

"생산과 조립, 그리고 서비스, 충전시설……. 많은 것이 문제이겠지요."

"맞습니다. 친환경 경영은 현재 전 세계적으로 많은 관심을 끌고 있습니다만, 현실적으로 모든 국가에서 운영이 가능하다고는 말하기 힘든 시점이라서 말이죠."

전기차가 주목을 받는 이유야 많았다. 하지만 문제는 그만큼 단점도 많다는 것이었다.

지금 이 순간, 대현이 굳이 인도로 전기차를 수출하려는 이유는 무엇일까?

그 이유는 너무나도 간단하면서도 현실적이었다.

"아마 왜 굳이 인도까지 가서 전장사업을 하려는 것인지 궁금하실 겁니다. 이유? 간단합니다. ESG, 우리가 인도로 가야 하는 이유입니다."

"비재무적 역량을 키워 기업의 가치를 업그레이드하려는 것이군요!"

"우리가 생각하는 탈중국 자본을 사냥하는 근본적인 방책이 바로 ESG인 겁니다."

환경, 사회, 지배구조를 뜻하는 ESG는 환경보호와 사회 공헌적인 사업을 중시하며 법치주의와 윤리강령에 의해 지배구조를 개편, 운용하는 경영체제이다.

최근에는 ESG가 기업가치를 논하는 척도로도 회자되기 때문에 심지어는 기관투자자들이 투자금을 예치하는 척도로 여겨지기까지 한다.

"우리의 ESG 경영에 투자귀신이 함께 해 주셨으면 하는 겁니다."

뜻밖의 제안이지만 AS컴퍼니에겐 절대 나쁘지 않은 제안이었다.

한결은 동맹회사의 제안을 일단 받아들이기로 했다.

“알겠습니다. 제안을 받아들이겠습니다.”

“그럼 지금부터 AS컴퍼니와 우리 대현이 서로를 천천히 알아 가는 시간을 갖도록 하자고요.”

아직은 대현차가 왜 이렇게까지 하는 건지 확실히 알 수는 없다.

하지만 한 가지 확실한 것은, 한결은 절대 손해 볼 일은 없을 것이라는 점이었다.

한결은 대현과 AS컴퍼니가 가까워지기 위한 첫 번째 프로젝트에 대해 역설했다.

“그러자면 우선 세계그룹을 끌어들이는 게 급선무 아니겠습니까?”

“뭐, 그에 대한 것이라면 크게 걱정하지 않으셔도 됩니다. 제가 벌써 어느 정도 떡밥은 다 던져 놨으니 말입니다.”

“…네? 벌써요?”

“설마하니 제가 아무것도 손에 쥐지도 않은 채 AS컴퍼니에게 러브콜을 보냈을까요?”

-주고받는 개념이 확실하군. 나쁘지 않아!

제6장
투항, 그린에버

한결은 세계그룹에 떡밥을 던졌다. 그 누구라도 절대 거부할 수 없는 제안이 담긴 떡밥이었다.

거기에 대현그룹은 아주 적절하게 양념을 쳐 주었다.

세계그룹의 계열사이자 그린에버가 애타게 기다리던 대형유통사인 월드 리테일은 알아서 한결을 찾아왔다.

월드 리테일의 아시아 사업본부장 이선미 상무는 한결에게 물류동맹 가입을 조건으로 남아시아 진출을 상담하고 싶다고 했다.

"우리가 남아시아로 진출해 당신들의 물류컨설팅을 받으면 대기업 물류동맹에 가입할 수 있다는 애기를 들었습니다. 세부조건이야 어떻게 될진 모르겠습니다만, 그게 정말이라면 프로젝트를 진행해 보고 싶긴 합니다."

"그렇다면 중국에서의 철수를 계속 진행하겠다는 말씀이십니까?"

"우리가 중국을 대신할 시장을 여러분들이 개척해 줄 수 있다면야 얼마든지 가능합니다."

"현재 인도에서의 매출상승은 삼선과 GL의 올해 1/4분기와 2/4분기의 실적을 책임졌을 정도로 강력했습니다. 걱정하실 필요 없습니다."

이선미 상무는 이미 그 모든 것을 알아보고 왔기 때문에 굳이 긴 설명은 들을 필요 없다는 듯한 제스처를 취했다.

"진출조건은 차차 조율하기로 하고, 일단 서류부터 교환할까요?"

"그러시죠."

한결은 부하들이 서류를 준비하는 동안 이선미 상무에게 질문을 하나 했다.

"그나저나 대현에서는 월드 리테일에게 어떤 식으로 러브콜을 보내왔습니까? 그게 약간 궁금하네요."

"러브콜… 이 아니라 데드라인 선언을 한 거죠."

"데드라인이라니요?"

"대기업 동맹 네 자리 중 하나가 남았는데, 이 동맹을 선택하면 남아시아 시장은 당연하게 석권하게 될 거라고 하더군요. 그러면서 지금 그 자리를 노리는 회사들이 꽤나 많다더군요."

이 정도면 월드 리테일의 멱살을 잡고 끌어다가 협상테이블에 억지로 앉혀 버린 셈이었다.

'개 상남자네…….'

-큭큭큭! 그래, 대현그룹에 어울리는 방식이야. 나 참, 살다 보니 별일이 다 있네, 정말.

'그나저나 대현그룹이 한 말 있잖아요. 대기업 물류동맹을 노리는 사람들이 많다고요. 정말일까요?'

-몇몇 회사들이 자리를 노리는 건 사실이겠지. 물류비용 10%만 절감되어도 숨통이 트일 텐데, 남아시아 시장에 남미까지 노릴 수 있다? 병신이 아니고서야 선택하지 않을 이유가 있어?

'아!'

-하지만 너도 알다시피 한국은 동종업계에 종사하는 대기업 집단이 많아. 그런 경쟁자들을 너 나 할 것 없이 다 끌어안을 수는 없겠지. 대현은 그걸 노리고 세계그룹의 멱살을 잡고 흔들어 버린 거야.

'진짜 대단한 사람들이네요.'

대현그룹의 참여로 계약은 아주 순조롭게 진행되었다.

부하직원들이 준비한 서류가 도착하자 양쪽의 상무이사들은 회사의 직인과 담당자인 자신들의 서명을 넣었다.

"좋은 계약이었습니다."

"세부조항은 오늘부터 관련 부서들이 다 같이 합심해서

조율하는 것으로 하시죠."

"앞으로 잘해 봅시다!"

이것으로 IX홀딩스가 모회사 IL그룹을 제치고 단독계약을 따내게 되었다.

§ § §

IX홀딩스가 세계그룹을 품고 남아시아로 진출한다는 소식이 들리자 그야말로 업계가 발칵 뒤집혔다.

당연히 그린에버는 흔들리기 시작했다.

갈 곳을 잃은 한 마리의 가여운 강아지마냥 안절부절못하며 동요하고 있는 것이었다.

그것은 지표를 통해 어렵지 않게 알 수 있었다.

"그린에버가 중국 쪽 공장들을 하나씩 정리하고 있다는 모양입니다."

"후후, 그래요?"

세계그룹과 계약을 마친 지 채 하루도 지나지 않았는데 벌써 중국 측 공장 네 개를 정리했다는 것이었다.

이 정도면 알아서 구조조정을 시작했다고 해도 과언이 아니었다.

한결은 직접 찾아가서 그린에버에게서 항복을 받아 내야겠다고 생각했다.

"그린에버에 전화해 주세요. 내가 지금 찾아가겠다고요."

"알겠습니다."

한바탕 폭풍이 지나간 그린에버는 지금 어떤 모습일까?

한결은 직접 그린에버를 방문했다.

그린에버의 부사장 김인학은 한결의 방문에 맞춰 본사 로비까지 마중을 나와 아주 정중하게 고개를 숙였다.

"부사장 김인학입니다. 인사가 많이 늦어서 송구스럽습니다."

"아니요, 괜찮습니다. 신한결입니다."

그들은 서로 악수를 나누고 김인학의 사무실로 올라갔다.

김인학은 엘리베이터를 타고 올라가는 동안에 한결에게 여러 질문을 했다.

"그… 우리가 만약 구조조정을 하게 된다면 한국 시장에서 대형마트 단독입점을 노려 볼 수 있게 되는 겁니까?"

"저희는 그런 편법으로 회사를 굴릴 생각은 없습니다. 전략은 같습니다. 다만, 생산단가를 낮춰 상품의 가격경쟁력을 높일 겁니다. 또한, 한국에서 부족한 마진은 외국에서 체우고 물류현상이라든지 공사현장, 생산현장에 여러분의 상품을 납품해서 큰 이윤을 남길 생각입니다."

이 바닥에서 살아남으려면 기존의 방식은 버려야 한다.

대기업의 팔뚝에만 매달려선 희망이 없다.

—그래, 중요한 것은 경쟁력이지.

'때론 스파르타처럼 굴리는 것도 괜찮은 방법이라고 봐요.'

—크크! 빡세게 굴리는 것도 중요해. 하지만 당근도 제대로 줘야 한다는 걸 잊지 마.

차상식은 한결에게 틈만 나면 강조하는 것이 있었다.

바로 상벌이 확실해야 한다는 것이었다.

"다만, 여러분이 경쟁력을 갖추고 조금 더 짜임새 있는 경영이 가능해진다면 우리가 책임지고 마진율을 5% 이상 높여 드릴 수 있습니다."

"…마진을 높여 준다고요?"

"지금까지는 중국이라는 땅덩어리에 발이 꽁꽁 묶여서 움직일 수 없었겠지만, 조금 더 넓은 곳으로 나아가면 얘기는 달라지겠죠. 최근에는 비건 식품들이 인기를 타면서 대안 식품들 또한 주목을 받고 있습니다. 우리는 메이저 시장인 미국이라든지 유럽에서 충분히 인기를 얻을 수 있다고 확신합니다."

그린에버가 미국이라든지 유럽으로 진출하게 된다면 사세의 규모 자체가 달라지게 된다.

그렇다는 것은 그린에버의 기업가치가 지금보다 훨씬 더 높아진다는 뜻이다.

"잘하면 매출규모 5조 원까지 바라볼 수도 있겠죠. 거기에 마진율이 지금보다 높아지게 된다면, 사실상 업계 1위도 무리는 아니라고 생각합니다."

"마진율을 그만큼 높여 줄 수 있다면야……."

그린에버는 매출 3조 원 내외를 보여 주었던 기업이지만, 최근 마진율이 극단적으로 내려가는 바람에 동종업계에서 사실상 중위권에도 못 미치는 실정이었다.

하지만 한결이 손을 대면 달라질 수 있다.

"업계 1위, 꿈이 아니라는 겁니다!"

"음!"

중국을 죽어도 붙잡고 있어야 했던 지난날의 그림자가 사라진 그린에버는 완전히 달라진 모습을 보였다.

"…구조조정, 하겠습니다!"

"후회 없으시겠죠?"

"네, 안 합니다. 이제 그린에버는 IX홀딩스와 무조건 함께합니다."

드디어 그린에버가 한결의 손아귀에 떨어졌다.

§ § §

그린에버가 마음을 바꾸자 판은 그야말로 순식간에 제 기능을 하며 돌아가기 시작했다.

중국에서 철수시킨 공장들을 인도로 옮긴 뒤, 곧바로 인력을 투입해서 생산단가를 줄이고 물류구조를 혁신해 비용을 10%까지 줄였다.

그와 더불어 세계그룹이 그린에버를 품고 한국에서 전폭적으로 지원해 주기 때문에 단기간에 폭발적인 성장이 가능할 것으로 보였다.

한결은 관련 보고서를 가지고 공 대표를 찾아갔다.

"그린에버의 정상화는 사실상 성공한 것으로 보입니다."

"아직 매출보고가 올라오지는 않았지만 말이지?"

"지금까지 산출된 비용절감만 보더라도 10%가 넘게 절약되었습니다. 만약 이 상태에서 가격을 전폭적으로 낮춘다거나 약간의 로스리더 전략을 펼칠 수 있다면 중소기업들마저도 압도할 수 있습니다."

"동네 상권까지 장악할 수 있다, 뭐 그런 뜻이지?"

"그렇습니다."

공 대표는 아주 흡족하게 웃었다.

"좋아! 나는 무엇보다도 자네가 IL그룹보다 먼저 나서서 그린에버를 공략했다는 것이 마음에 드는군!"

"IL그룹에서 책잡지 않을까요?"

"뭐, 슬슬 약을 올려 줬으니 한 전무 쪽에서 발광을 떨기는 하겠지. 하지만 뭐, 어차피 그놈과의 싸움은 예정된 수순이니 신경 쓸 거 없잖아?"

사실상 한 전무와의 싸움은 한결이 스카우트를 거부했을 때부터 시작된 것이나 마찬가지였다.

지금은 그저 돌아갈 수 없는 강을 한 번 더 건넜을 뿐이다.

−이젠 진짜 돌이킬 수 없게 되어 버렸네?

'뭐, 굳이 돌아갈 이유도 없잖아요. 그나저나 저놈들이 과연 어떻게 나올지 궁금하네요.'

−그걸 뭐 벌써 걱정하고 있어? 아직 판은 시작도 안 했는데 말이야.

'하긴 그건 그렇죠.'

공 대표는 한결에게 술자리를 제안했다.

"소주 한잔하지."

"좋습니다. 어디로 모실까요?"

"모시긴, 내가 데리고 가야지. 따라와."

"넵!"

−오오, 소주!

한결은 차는 회사에 두고 공 대표와 함께 밖으로 나섰다.

공 대표는 의외로 소탈한 면이 있어서 식당이나 술자리에 갈 때에는 반드시 걸어서 이동한다.

"남자라면 1km 정도는 걸어서 다닐 줄도 알아야지. 안 그래?"

"맞습니다. 터프가이는 계단 3층 정도는 걸어 다니고,

왕복 2km 정도는 걸어 다녀야 한다고 배웠습니다.”

“잘 아는군.”

특전사 출신의 공 대표는 걷는 것을 엄청나게 좋아해서 심지어 집에서 회사까지 걸어서 출퇴근을 할 정도였다.

비서들의 닦달에도 아랑곳하지 않는 그의 소나무 같은 취향은 한결에게도 많은 귀감이 되곤 한다.

–소나무는 쥐뿔! 똥고집이지!

‘큭큭! 그러고 보니 걷는 거 싫어하는 양반이 여기 있었네!’

–시간만 아깝지, 뭐! 걷는 게 뭐 좋다고?

극도의 효율성을 추구하는 차상식으로선 걸어 다니면서 시간을 낭비하는 것 자체가 이해되지 않았다.

두 사람이 걸어서 도착한 곳은 아귀찜을 파는 아주 오래된 식당이었다.

“맛집이야. 벌써 20년째 단골이지.”

–…똥고집 취소. 이 사람이 뭘 좀 아네! 여기 아귀찜이 말이야, 오리지널 동해지역 사람이 하는 거거든! 크흐! 죽이지 정말!

한결은 겨우 아귀찜 하나에 말을 바꾸는 차상식을 보며 실소를 흘렸다.

곧바로 식당으로 들어간 공 대표는 주인장과 반갑게 인사를 나누었다.

"누님!"

"아이고, 오랜만이네~ 옆엔 누구? 아들?"

"우리 회사 상무이사."

"젊은데 능력까지 좋은가 보네."

"세 명 앉을 수 있어요?"

"없어도 만들어 줘야지! 20년 단골인데!"

푸근한 분위기를 느낄 수 있는 이곳이야말로 직장인들의 성지가 되어도 이상할 것이 없겠다는 생각이 들었다.

자리에 앉자마자 아귀 간과 아귀 위로 만든 수육이 먼저 나왔다.

"방금 삶아 놨어. 맛 좀 보라고."

"아이고, 고마워라."

"그나저나 한 명은 언제 와? 그때 맞춰서 찜을 내어 줄게."

"한 20분쯤 걸릴 겁니다."

"딱 맞게 나오겠네. 그럼 한 잔들 하고 있어~"

한결은 오늘 누가 더 온다는 얘기는 못 들었기에 고개를 갸웃했다.

"누가 옵니까?"

"자네도 이제 슬슬 본사 이사진들이랑 안면 터야 할 거 아니야."

"아."

"IL그룹 방윤설 상무라고, 능력 좋은 재원이지. 잘 지내 봐."

이름만 들어도 감이 온다.

오늘의 이 만남으로 한결은 완전히 회장 일가 쪽으로 줄이 정해지게 될 것이다.

§ § §

방윤설은 쌍꺼풀이 없는데도 눈이 크고 피부가 하얘서 마치 그림에서나 나올 법한 동양의 미인상이었다.

그녀는 한결에게 악수를 건넸다.

"반가워요. 방윤설 상무라고 합니다."

"신한결입니다."

"듣던 것보다는 덜 우락부락하시네요. 한 전무 쪽에서 무슨 고릴라를 얘기하길래 나름 각오를 다졌었는데 말이죠."

"고릴라……."

-큭큭큭! 다른 건 몰라도 사람 보는 눈은 있네! 그치? 고릴라 씨!

초면에 이런 얘기를 해대는 걸 보면 솔직함의 필터가 남들보다 약간 얇은 모양이었다.

공 대표는 두 사람에게 각각 술을 따라 주며 말했다.

"우리 방 상무가 미스 춘향 출신이랬나?"

"예전에 어머니가 하도 닦달해서 나가긴 했었죠. 비록 3위에 머물긴 했지만. 그나저나 대표님은 왜 술자리에서 그런 얘기를 하고 그러세요? 내가 춘향의 춘 자만 나와도 발작하는 거 아시면서."

"하하, 그랬나? 에이, 뭘 그런 걸 부끄러워하고 그래?"

"…쪽팔려서 그러죠. 1등이라도 했으면 좀 나았을 텐데."

한결은 이런 비슷한 캐릭터를 한 명 알고 있다.

하지만 그녀와 방 상무는 뭔가 결이 많이 다른 느낌이다.

'차라리 양 대가리가 낫겠네.'

–왜? 예쁘잖아!

'예쁘면 뭐 합니까? 나랑 성격이 아예 안 맞는데. 그래도 양 대가리는 최소한 윗사람한테 저렇게 싸가지 없이 굴지는 않죠.'

–부잣집 아가씨라 그런가 보지~

어쨌거나 이제는 같은 식구가 될 텐데, 한결은 괜히 얼굴 붉힐 필요는 없다고 생각했다.

"아무튼, 만나서 반갑습니다. 한잔하시죠."

"술 잘 마셔요?"

"그냥저냥 넝지만큼은 마십니다."

"미인을 별로 안 좋아하시나 봐요? 생각보다 까칠하시네."

"좋아하죠. 미인을 싫어하는 남자도 있습니까?"

"그런데 왜 나한테는 별 관심이 없어 보이지?"

"비즈니스 관계에서 그런 관심은 결례 아니겠습니까?"

방윤설이 피식 웃더니 술을 넘겼다.

—냉랭한 미녀. 음, 얼음꽃이라고 부르면 딱 맞겠네. 그치?

'얼음꽃은 무슨. 얼음꼬장이 아니라요?'

어쩐지 성격이 잘 안 맞는 그녀와 과연 한 지붕 아래에서 살 수 있을까 싶은 생각이 절로 들었다.

공 대표는 두 사람에게 다시 술을 따라 주며 말했다.

"방 상무는 이미 들었겠지만, 기왕지사 함께 모인 자리이니 또 말해 줄게. 회장님께서는 이 기회에 부회장님의 뜻에 따라 이사회의 기강을 확립하고 싶어하셔. 지금이야 우리 오너 일가 쪽이 약간 밀리는 듯한 느낌이 들지만, 그것도 한때라는 걸 주주들에게 보여 주는 거지."

방 상무는 고개를 끄덕이며 호응했다.

"그런 말씀을 하긴 하셨죠. 그런데 뭐, 이미 우리 쪽에서 목도로 한 전무의 정수리를 내려치는 바람에 저놈들 발작버튼이 눌리고 말았죠. 한 전무가 필요이상으로 날뛰지는 않을지, 걱정되기도 하는데 말이에요.

"남자 새끼가 쪼잔하게 그런 걸로 발작을 할까 싶기는 했지만, 실제로 그럴 가능성도 없지는 않지. 뭐, 그렇다고 해서 변하는 건 없어. 어차피 조만간 난타전이 시작될 건 자명한 사실이니까. 나는 이참에 기선제압 제대로 했다고 생각해."

확실히 한결이 IL그룹을 제치고 IX홀딩스로 그린에버와 세계그룹을 끌어 온 것은 그리 가볍게 얘기할 일은 아니었다.

-그래, 뭐, 지금쯤이면 이놈의 신한결을 죽이겠다고 한 전무인가 하는 새끼가 길길이 날뛰고 있겠지.

'그래도 난타전을 뛸 준비를 할 시간 정도는 줬으면 좋겠는데, 그건 불가능하겠죠?'

-그놈들이 잘도 그래 주겠다.

'흠! 그럼 우리가 먼저 선제타격을 가하는 건 어때요?'

차상식은 고개를 가로저었다.

-선빵필승은 대부분 옳아. 하지만 언제나 옳은 것은 아냐. 때론 말이다, 방어태세를 제대로 갖춰서 카운터를 칠 준비를 할 줄도 알아야 하는 법이야. 네가 비록 저놈들의 뒤통수를 제대로 찍어 버렸다곤 해도, 그게 의도된 일은 아니었잖냐. 운이 좋아 기선을 제압했지만, 우리도 제대로 준비하고 한 방 날린 건 아니라서 다음 수로의 연결이 매끄럽지 않을 수도 있어.

'…어렵네요.'

-어렵지! 하지만 이미 주주총회에 소문이 쫙 돌았을 거다. 네가 한 전무를 확 발라 버렸다는 사실 말이야. 그럼 우리는 한 수를 번 셈이 되는 거겠지?

'음…….'

공 대표는 이제 곧 열릴 IL그룹의 정기이사회에서 합병이 결정될 것이고, 기업의 대대적인 프로젝트가 조절될 것임을 알렸다.

"자네들도 알다시피 합병은 이제 거의 다 마무리되었고, 정기이사회에서는 사실상 인수합병 승인이 떨어졌다고 봐도 무방해. 하지만 정말 중요한 것은 인수 직후의 이사회 명단 작성이야. 우리 쪽에서 과연 이사회에 얼마나 편입시킬 수 있을지, 그것이 중요하다는 거지."

"이사회는 총 몇 석입니까?"

"총 12석에 현재는 네 자리가 부재중이지. 자네가 지난번에 제출한 그 자료들을 바탕으로 검찰수사가 진행 중이거든."

한 전무가 지난번에 찾아와 한결을 스카우트하려던 이유가 바로 여기에 있었다.

'이 새끼들, 발등에 불 떨어진 거였네!'

-네가 아주 헛발질을 하지는 않았나 보다. 그치?

'조금 더 과감하게 던질 걸 그랬나? 겨우 네 명이라니!

-그래도 조사를 받으러 들어가서 자리가 네 개나 비었다는 건 나쁘지 않은 성과야. 이미 저놈들 손발 하나씩은 묶어 놓고 시작한다는 뜻이니까.

이윽고 아귀찜이 완성되어 나왔다.

푸짐한 아귀찜에는 각종 해산물이 엄청나게 많았다.

"와, 스케일이 엄청납니다!"

"내가 이 집 단골을 20년이나 유지한 이유지. 자자, 다들 먹자고!"

방 상무는 집게로 집은 아귀의 살과 해산물들을 접시에 담아서 공 상무에게 넘겨주었다.

"드세요."

"하하, 고마워. 사람이 차가워 보이면서도 이렇게 가끔 챙겨 주는 모습을 보면 신기하단 말이지. 요즘 유행하는 뭐 새침부끄인가 그런 거야?"

"…그런 거 아니거든요?"

–큭큭! 반응이 어째 너랑 비슷하다?

방윤설은 한결 앞에도 아귀의 살을 담아 접시를 내려놓았다.

"먹어요."

"네, 고맙습니다."

"비록 지금은 우리가 이사회에서 우위를 점할 가능성이 높기는 하지만, 주주들의 경우에는 얘기가 달라요. 할아버지가 돌아가시면서 지지기반이 많이 약해졌거든요. 애초에 지배구조 자체도 상당히 느슨한 편이었고. 그러니 긴장하면서 지내사고요. 알겠어요?"

방윤설은 창업주의 증손녀이자 현 회장의 종손녀이기도 하다.

창업주 방천석을 가장 많이 닮은 인물로 거론되기도 하지만 주주들은 인정하지 않는 분위기였다.

―주주들이 고지식하다는 얘기는 들었지만, 실제로는 어떨지 모르겠군.

'사정이 어떻든 간에 쉽지는 않을 것 같죠?'

―이 타이밍에 제대로 된 카드 한 장만 더 손에 넣어도 좋겠는데 말이지.

차상식은 자나 깨나 사내정치 생각뿐이었다.

이 정치판에서 한결이 살아남고 환국이라도 이뤄 내게 된다면 IL그룹은 스타캣 인베스트먼트의 1호 주주가 될 것이기 때문이었다.

방윤설은 한결에게 명함을 한 장 건네주었다.

"가끔 연락하면서 지내요. 그래도 되죠?"

"그러시죠."

과연 이 방윤설이라는 인물이 장차 한결에게 어떤 영향을 미치게 될지, 차상식은 아주 흥미로운 표정으로 지켜보았다.

§ § §

가볍게 소주 한 잔 마시고 집으로 돌아가는 길.

한결은 지하철을 타고 돌아갈 요량이었다.

지이이잉!

스마트폰이 울렸다.

[발신자 : 양유진]

―안 그래도 한 잔 더 하려던 참이잖아. 그치? 잘됐네!

'아니, 이 저녁에 무슨 일이지?'

한결은 일단 전화부터 받았다.

"여보세요?"

―너 지금 어디야?

"…뭐야? 말투가 또 평소랑 다르네."

―당장 만나. 지금 어디야?

"무슨 일인데 그래?"

―저번에 네가 보여 준 신용장들 말이야. 내가 인터넷을 검색했더니 자금세탁에 연루된 것 같다고 했지?

"그랬… 었지?"

―기어코 공정위가 꼬리를 밟았어. 얼마 전에 나한테 신용장에 대해서 아냐고 물었었는데, 일단은 모른다고 잡아뗐거든? 그런데 이 일이 그냥 어영부영 넘어갈 것 같지가 않아. 인터폴 얘기도 나오고 있고.

"…인터폴?!"

―너 진짜 어디서 뭘 하고 다니길래 이런 걸 막 주워 가지

고 다녀?! 후… 아무튼, 만나서 얘기해.

"나 지금 강남인데."

–내가 그쪽으로 갈게. 어디 좀 들어가 있어.

양유진이 이렇게 차분하게 구니 분위기가 사뭇 심각해진다.

일단 한결은 근처 맥줏집에 들어가서 대충 자리를 잡았다.

잠시 후, 택시를 타고 도착한 양유진이 들어왔다.

"신한결!"

"어이, 시스터."

"너어, 진짜! 도대체 무슨 사고를 치고 다니는 거야? 걱정되게 할래?"

"별걱정을 다 한다, 진짜. 그거 진짜 아무것도 아니야. 그냥 아는 형님이 조회를 부탁한 거니까 크게 신경 쓸 필요 없어."

아무래도 양유진은 한결이 큰일을 당할까 봐 걱정인 모양이었다.

막상 한결을 직접 보고는 양유진은 한도의 한숨을 내쉬었다.

"어휴! 그럼 다행이고!"

"맥주 마실래?"

"엄멈머? 이 누나가 오는데 맥주도 안 시키고 뭐 했니?!"

다시 평소의 양유진으로 돌아온 것을 보니 그렇게까지 심각한 상황은 아닌 것 같았다.

한결은 생맥주를 주문했고 안주로는 노가리를 선택했다.

“그나저나 공정위에서 치고 들어왔다는 건 무슨 말이야? 신용장에 심각한 문제라도 있었나 보지?”

“얘, 말도 마! 이놈들이 글쎄, 이 돈을 가지고 필리핀에서 불법 카지노 사업을 했다는 거 아니야!”

“…카지노?”

“요즘 너 나 할 것 없이 한국에서 돈 빼돌리면 필리핀으로 뜨는 거 알지? 이놈들은 아예 한술 더 떠서 그걸로 사업까지 벌였다는 거야. 이제는 돈세탁이 몇 바퀴나 돌아서 꼬리를 잡기도 힘들대. 그런데 네가 말해 준 그 신용장이 유일한 증거였던 거지!”

“인터폴은 그걸 어떻게 알았고?”

“나야 모르지! 누가 내부고발이라도 했나 보지, 뭐!”

“…내부고발이라?”

“뭐, 그런 말은 있더라. 로웰투자신탁과 HMN이 같은 계좌로 입금을 한 정황이 있었대. 그래서 이번에 HMN에도 수사가 들어갈 예정이었지만, 모종의 이유로 취소되었다고.”

“뭐지? 같은 핏줄이라 이건가?”

“그야 모르지! 아무튼 간에 더 이상 이 누나를 피곤한 일에 끌어들이지 마! 알겠니?"

순간, 차상식이 이죽거렸다.

–이게 바로 내가 찾던 미지의 퍼즐조각인 모양이로군.

'어? 그게 뭔데요?'

–나는 지금까지 HMN이 도대체 로웰과 무슨 관계가 있나 싶었거든? 이제야 알겠어. 이 새끼들은 지금 같은 컨설팅 회사에서 자문을 받고 있던 거였어.

'컨설팅? HMN 정도 되는 회사에서 말이에요?'

–그게 어떤 컨설팅인지는 나도 모르겠는데, 저 둘은 공생관계 같은 것은 아니었던 것 같아!

드디어 로웰과 HMN의 연결고리를 찾아냈다.

차상식은 이제 한결에게 조금 더 엘레강스한 힘을 보태주기로 했다.

–거기에 나가 보자.

'거기라니요?'

–엘레강스한 사교의 장 말이야!

한결은 곧장 로한나 쿠스버트에게 문자를 보냈다.

[나: 조만간 모임에서 뵙고 싶습니다. 언제가 좋을까요?]

[로한나 쿠스버트 대표 : 삼일 뒤에 강남에서 모임을 열게요. 그때 보자고요]

메시지를 보낸 한결은 아주 경쾌한 목소리로 말했다.

"시스터, 오늘은 내가 한턱낼 테니까 제대로 한잔하자고!"

"엄멈머? 흑심 모드?"

"…뭔 말을 못 하겠네."

―크크크!

§ § §

강남의 '블루웰 컨벤션센터'로 한결의 스포츠카가 멈춰섰다.

부아아아앙!

강렬한 엔진 소리에 컨벤션센터 인근을 지나던 사람들의 시선이 일순간 집중되었다.

주차장에 차를 세워 놓고 엘리베이터로 향하는데 익숙한 목소리가 들렸다.

"차 멋지네요."

고개를 돌려 보니 로한나 쿠스버트가 한결을 보며 웃고 있다.

한결은 꾸벅 고개를 숙였다.

"안녕하십니까?! 그동안 찾아뵙지 못해 죄송합니다!"

"아니에요. 사람이 살다 보면 바쁠 때도 있고 그런 거죠.

그럼 갈까요?"

오늘은 로버트 박 없이 혼자서 이곳을 찾아온 그녀는 한결과 나란히 걸으며 컨벤션센터 안으로 향했다.

-기분이 묘하네. 예전에 살아생전에는 1년에 한 번씩은 꼭 부부동반으로 이곳을 찾았었는데 말이야.

'씁쓸하네요.'

차상식까지 세 사람이 이곳을 걷고 있지만, 지금 이 순간 차상식의 존재를 느끼는 사람은 아무도 없었다.

귀신의 입장에서는 참으로 아이러니하면서도 쓸쓸한 얘기가 아닐 수 없었다.

"요즘 하는 일은 좀 어때요?"

로한나의 질문이 한결에게로 향했다.

"잘 풀리고 있습니다. 물론 아예 위기가 없었다고는 말 못하겠지만요."

"원래 비즈니스라는 게 그래요. 위기가 찾아오기에 발전도 하는 법이거든요."

"저도 파고를 뛰어넘는 사람만이 부침을 이겨 낼 수 있다고 생각하고 있습니다!"

"후후, 그래요. 앞으로도 좋은 작품들 기대해 볼게요."

다소 일상적인 얘기였지만 차상식은 어쩐지 미묘한 웃음을 지었다.

'왜 그렇게 웃어요?'

—으흐흐, 아니야! 그냥 오랜만에 마누라를 보니까 좋아서?

'하여간 팔불출이라니까!'

—흐흐!

차상식의 미소가 어떤 의미이건 간에 한결은 별로 신경도 쓰지 않는 표정이었다.

잠시 후, 한결은 펀드매니저들의 모임인 '차모임'에 도착했다.

이윽고 대략 50명의 펀드매니저들은 로한나 쿠스버트 근처로 구름처럼 모여들기 시작했다.

"대표님! 다시 만나 뵙게 되어 영광입니다!"

"영광이라니, 별말씀을요."

"요 근래 왕래가 없어서 걱정이 많았는데, 이렇게 건재함을 보여 주시니 마음이 놓입니다!"

"다들 잘 지냈죠?"

사람들은 로한나의 얼굴을 보자 반가움이 아니라 안도의 한숨을 내쉬었다.

한결은 그 모습에서 로한나의 최근 행적을 어렵지 않게 추측할 수 있었다.

'아서씨가 돌아가신 뒤에 사모님께서는 두문불출하셨나 보네요?'

—거기까진 나도 모르지. 나는 귀신이잖아. 죽은 뒤에 한

동안은 이 세상과 연이 끊어져 있었으니까 알 수가 없지.

'아, 그러네.'

굳이 뒷얘기는 할 필요가 없었다.

미망인이 아무런 탈 없이 지낸다는 건 너무나도 어려운 일이니까.

'그나저나 건재함을 원한다는 것은 사모님께서 이 사람들을 하나의 세력으로 아우르고 있다는 뜻인가요?'

—세력이라고 할 수도 있을 거고, 어쩌면 투자공동체일 수도 있을 거고. 사실은 이 펀드모임을 보고 몰려드는 정보통들 때문에 모임이 움직이는 거거든. 그러니 상징적인 존재가 무게중심을 잡아 주길 바라는 건 어쩔 수 없는 일 아니겠냐?

'아, 정보통. 아저씨가 가진 정보들도 여기서 나온 거예요?'

—그런 것도 있고 안 그런 것도 있는데, 대부분은 여기서 소스를 얻은 다음에 내가 직접 정보를 캐러 다니는 편이었지.

'소스를 얻은 정보에 살을 붙이면서 하나의 작품으로 완성시키는 거군요.'

—거의 비슷해!

이제야 한결은 로한나가 왜 엘레강스라는 말을 했는지 알 것도 같았다.

굳이 정보를 모으러 다닐 필요 없이 그저 우아하게 증시 위를 사뿐히 걸어 다니는 모습이야말로 사모펀드의 진정한 매력이었다.

'증시 위를 사뿐사뿐 걸어 다니는 것만으로도 정보가 몰린다. 맞네요, 엘레강스!'

-아무튼, 내가 이만큼 성공한 것에는 로한나의 역할도 아주 컸다고 봐. 물론 아무리 정보가 물밀 듯이 들어온다고 해도 판단력이 흐려지면 바로 아웃이겠지만 말이야.

'그래서 아저씨는 내게 항상 분별력과 통찰력을 기르라고 한 거였군요!'

-그래, 인마! 이제야 이 아저씨의 넓은 뜻을 이해하겠냐?

차상식은 자신의 모든 기반을 물려주기로 했었다.

이는 단순히 정보와 기술만 넘겨주는 것이 아닌, 이 모든 것들을 아우르며 잘 사용할 수 있는 방법까지 가르쳐 주기 위함인 것이었다.

로한나는 모임의 펀드매니저들에게 한결을 소개했다.

"소개할게요. IX홀딩스의 신한결 상무예요."

"상무이사? 이렇게 젊은데 말입니까?"

"요즘 기업들은 젊은 피를 선호하죠. IX홀딩스 역시 마찬가지고요."

"대단하군요! 아직 마흔도 안 되었는데 상무이사라니!"

사람들이 한결에게 관심을 갖고 모여들기 시작했다.

그야말로 폭풍의 핵, 요즘 종합상사 업계에서 다크호스로 급부상하고 있는 IX홀딩스의 젊은 중역에게 관심을 보이는 것이었다.

"반갑습니다! 펀드매니저 양국진입니다."

"펀드매니저 한상호입니다!"

여기저기서 명함이 날아들었다.

한결은 그 명함을 일일이 다 갈무리한 다음, 자신의 명함을 꺼내어 한 장씩 돌렸다.

"IX홀딩스 신한결입니다! 앞으로 잘 부탁드립니다."

"그나저나 이 모임에 들어온 걸 보면 차상식 회장님과 친분이 있으신 모양인데, 맞습니까?"

사람들은 한결이 자신들과 같은 피를 가진 인물인지 궁금해했다.

그것은 어쩌면 너무나도 당연한 일이었겠지만, 한결은 어떻게 대답을 해 주는 것이 옳은지 한번 생각해 보기로 했다.

'우리는 같은 피라는 것을 보여 줘야 할 텐데, 뭐라고 하면 좋을까요?'

-그렇다면 하나만 생각해. 확신.

'아하! 내가 저 사람들과 같은 편이라는 확신이 들게 만들라는 말이죠?'

한결은 선을 넘지 않고 적당히 자신의 존재감을 드러냈다.

“저는 고 차상식 회장님의 무고를 밝히기 위해 회사생활을 하고 있습니다. 친분이라기보다는 어떠한 믿음에 의해 움직인다고나 할까요?”

“믿음! 맞아요, 그게 중요한 거죠.”

한결은 차상식의 제자로서가 아닌, 한 사람의 인간으로서 그를 신뢰하고 있었다.

아마도 그것은 이 모임의 모두를 하나로 묶어 주는 연결고리가 되겠지만, 그래도 문제가 아예 없지는 않았다.

바로 의심이라는 감정이었다.

“하지만 우리가 그걸 어떻게 믿습니까?”

“…정진목 대표?”

정진목이라는 사람은 40대 중반의 반듯한 이미지의 남자였는데, 말투가 상당히 공격적이고 날카로운 것이 인상적이었다.

그는 한결에게 다가와 악수를 건넸다.

“회계법인 태수의 대표이사 정진목이라고 합니다.”

“…IX홀딩스 신한결입니다.”

두 사람은 악수를 나누었지민 정신목 대표의 표정이 그 다시 좋지는 않았다.

아직은 정답게 웃으며 정보교환이나 할 사이는 아니라는

것이었다.

'정진목이라…….'

–저 꼴통을 깜빡하고 있었네. 큭큭큭!

'꼴통이라니요?'

–이 모임은 펀드매니저들 정보교류 목적이잖냐. 그런데 덩그러니 혼자 회계사로 참여했어. 딱 봐도 범상치 않은 인물 같지 않아?

'어, 그러네? 저 사람은 이 모임에 왜 나온 거래요?'

–겉으로는 저래 보여도 싱가포르계 사모펀드의 수장이야. 법적인 테두리 안에서 위배되지 않는 한, 얼마든지 돈을 투자하는 과감한 펀드지.

'사모펀드와 회계법인이라! 확실히 회계를 하는 사람이면 기업을 보는 안목은 뛰어나겠네요.'

–뭐, 그렇기는 한데, 직업병 때문인지는 몰라도 의심이 정말 엄청나게 많아. 옆 사람이 피곤할 정도로 말이야.

'완벽주의 성향이이라는 것이겠죠.'

한결은 차라리 헐랭이처럼 물에 물 탄 듯, 술에 술 탄 듯이 구는 사람보다야 이렇게 확실한 뭔가를 가진 사람이 좋았다.

"제가 고 차상식 회장님을 어떻게 생각하는지, 그에 대한 진위여부를 증명하라고 말씀하고 싶으신 겁니까?"

"물론이죠. 우리는 하나의 군단입니다. 검증되지 않은

인물에게 등을 맡기는 경우는 없죠."

한결은 잠시 고민하더니 이내 주변을 빠르게 둘러보았다.

행사장에는 스케줄을 조율하기 위해 매니저들이 끌고 다니는 화이트보드가 있었다.

"화이트보드 좀 빌립시다!"

"그러세요."

한결은 화이트보드 앞으로 다가서더니 이내 뭔가를 빠르게 적어 내려가기 시작했다.

잠시 후, 하나의 그래프를 완성해 냈다.

"얼마 전, 대한민국을 휩쓸었던 리딩방 사기에 대해 아십니까?"

"당연히 알죠. 주식 하는 사람들 중에 그걸 모르는 사람은 아마 없을 테니까요."

"맞습니다. 주식을 만지는 사람들이라면 모르는 사람은 없을 테죠. 하지만 잘 보십시오."

이번에는 화이트보드에 적어 놓은 그래프를 모두 지우더니 긴 내용의 장부를 작성해 나가기 시작했다.

"장부… 아니, 재무제표 아닙니까?"

"맞습니다. 재무제표입니다! 이 재무제표를 잘 보십시오. 아마 특이점이 있을 겁니다."

"특이점?"

"이 재무제표는 주가조작 사기단의 배후였던 기업들이 운영하던 회사에서 나온 겁니다. 저는 그것을 취합한 뒤, 하나의 결론에 도달했습니다."

순간, 사람들은 고개를 갸웃거리기 시작했다.

"…주가조작 사기단은 얼마 전에 AS컴퍼니에서 인수하지 않았나?"

"그랬었죠. 아무튼, 중요한 건 그게 아닙니다. 이 재무제표들은 사기집단이 서로 끌어 주고 당겨 주면서 서로 어깨를 걸고 앞으로 나아가고 있다는 것을 보여 주고 있습니다. 어설프지만 완벽한 주가사기 단체의 실루엣을 갖춰 가고 있었죠."

"그런데 이게 자금의 논점과 무슨 상관이 있다는 겁니까?"

"저는 고 차상식 회장이 무고하다고 믿으며, 인트펀드와 가장 비슷한 사기 형태를 취하는 범죄집단을 추적하고 있습니다."

바로 그때, 정진목 대표가 눈을 휘둥그레 뜨며 앞으로 나섰다.

"…잠깐! 정말 그렇군! 이것 보십시오! 당시 인트펀드의 구성원들이 고 차상식 회장님의 뒤통수를 쳤을 때와 운영 구조가 똑같지 않습니까?"

"어?"

이곳에 있는 사람들은 과거 차상식이 뒤통수를 맞아 추락하는 시기에도 그를 지지했던 세력들이었다. 그런 그들의 뇌리에서 당시의 차트가 지워졌을 리가 없다.

"…맞네, 맞아!"

"뭐야, 그럼, 지금의 사기조직들이 결국에는 인트펀드 사태와도 어느 정도 연관성이 있다는 거잖아요?"

한결은 고개를 끄덕였다.

"맞습니다! 제가 조사한 바에 의하면 그렇습니다."

"와! 내 이놈들을 그냥!"

인트펀드와 사기조직들의 연결고리를 찾아낸 것은 그야말로 천우신조였다. 어쩌면 지금까지 일어난 일련의 사건들 모두가 이것을 위해 벌어진 신의 선물이 아닐까 싶을 정도였다.

하지만 이들을 움직이기 위해서는 분명 눈에 보이는 증거가 있어야 할 것이었다.

"뭐, 좋습니다. 다 좋은데, 이 둘 간의 연결고리는 어떻게 증명할 겁니까? 단순히 재무제표만으로는 증명이 되지 않습니다만."

"네, 당연히 그럴 겁니다. 그래서 저는 여러분들에게 공유하고 싶은 자료를 좀 가져와 봤습니다."

"자료?"

한결은 품에서 돌돌 말아 놓은 두루마리를 꺼냈다.

사람들은 한결의 손에 시선을 집중했다.

하나 한결은 두루마리를 바로 펼치지는 않았다.

"이것을 보여 드리는 것에는 한 가지 조건이 있습니다."

"…뭡니까?"

"오늘 이곳에서 알게 된 사실이 밖으로 새어 나갈 시, 우리 모두가 적의 표적이 될 수도 있습니다. 그런 일은 일어나지 않기를 바랍니다."

"비밀엄수! 당연한 일입니다."

한결은 고개를 돌려 로한나를 쳐다보았다.

로한나 역시 아주 궁금해하는 눈치였다.

"좋습니다. 한번 보시지요."

한결은 두루마리를 펼쳤다.

그 안에는 로웰이 남긴 신용장 내역이 들어 있었다.

"이놈들은 해외 기업들과의 거래를 빙자해서 돈을 빼돌렸습니다. 바로 무역을 통해서 말이죠!"

"유령회사와의 무역거래?!"

"놈들을 추적하는 일은 여기서부터 시작됩니다. 이 정도면 저를 신뢰하실 수 있겠습니까?"

이글이글 불타오르는 눈빛의 정진목 대표가 한결의 어깨를 손으로 꽉 잡았다.

"…환영합니다. 우리 모임에 잘 오셨습니다!"

제7장 성공가도

이른 아침, 잠에서 깨어난 한결은 공복에 먹을 수 있는 영양제를 먹곤 한강으로 향했다.

강변을 달리는 동안 AI가 읽어 주는 이메일을 들었다.

—…황사로 인해 서울시에서 주최하는 봄꽃 대축제가 취소될 가능성이 높다며…

—…요소수, 마스크, 염화칼슘 등 중국발 금수조치 여파, 아직도 여전해…

—대한민국 재계 탑텐 정기이사회가 초여름 집중될 것으로 보임에 따라 주식시장의 귀추가 주목되며….

'이야 뭐, 그냥 정보가 이곳저곳에서 쏟아져 들어오네요!'

—굳이 정보를 사냥할 필요 없이 시장의 흐름만으로도 투자가 가능한 것. 그게 바로 엘레강스라는 거지!

'역시 사모님은 대단하시네요.

—후후, 당연하지! 누구 마누라인데!

만약 투자자가 미래를 내다볼 수 있다면 완벽한 투자를 해낼 수 있을 것이다.

하지만 투자자는 굳이 미래를 내다보지 않아도 괜찮다. 현재의 상황만 온전히 파악할 수 있는 정보 한 조각만 있어도 몇 발은 앞서갈 수 있다.

조각정보 하나에서 얼마든지 투자정보는 뽑아낼 수 있기 때문이다.

—제과 회사 순익비율 1.89% 증가…

—육가공 관련주 소폭 상승세…

'곡물가격 하락의 징조가 조금씩 보이기 시작하네요.'

—투자한 보람이 있네. 그치?

'이럴 때 또 쾌감이라는 게 느껴지는구나.'

—큭큭, 맞아! 쾌감이 느껴지지. 뭐랄까, 뇌하수체를 자극하는 희열이랄까?

말 그대로 도파민이 물밀 듯이 생성되는 것 같은 강렬한 자극이 느껴진다.

이것이야말로 합법적인 마약이 아니고 무엇이겠냐는 생각이 절로 든다.

잠시 후, 집으로 돌아와 간단히 식사를 마친 한결은 얼마 전 새로 맞춘 양복을 입고 출근길에 올랐다.

–역시 맞춤이 좋기는 좋지?

'편하긴 하죠. 뭔가 태가 난다고 해야 할까? 옷발이 더 사는 느낌도 들고요.'

–그래서 강남 테일러들이 먹고 사는 거야. 맞춤복은 일단 기성복과는 확실히 다르거든!

차상식은 이제 한결에게 뭐든지 맞춤으로 사서 쓰라고 조언했었다.

사치를 권하는 것이 아니었다. 그저 자신의 가치를 높이는 것에 돈을 아끼지 말라는 조언이었다.

한결은 양복과 함께 맞춘 구두를 신고 회사로 향했다.

"상무님, 오셨습니까!"

"좋은 아침이네요."

중역이 회사에 도착하면 출입 게이트가 자동으로 열린다. 아주 사소한 것이지만 이것이 바로 보안팀에서 중역을 모시는 하나의 방법이었다.

출입 게이트를 지나 엘리베이터로 향하자 이번에는 중역들이 이용하는 엘리베이터가 보였다.

이것도 보안팀에서 한결을 위해 준비해 놓은 것이었다.

–이야, 역시! 사람이 이래서 출세하고 봐야 한다는 거야! 사람을 대접하는 자체가 달라지잖냐!

'그런데 이렇게 중역을 대접하는 데 들어가는 돈이랑 인력이 아깝지는 않나?'

–이런 대접을 받아야 너 나 할 것 없이 죽어라 일할 거 아니냐! 중역들에게 괜히 품위유지비를 주는 게 아니야. 뭔가 남들과는 다른 대접, 그것이 바로 사람을 미치게 한다는 걸 회사들은 잘 알고 있는 거지.

잠시 후, 한결은 엘리베이터를 타고 자산관리실에 당도했다.

한결이 엘리베이터를 타고 올라가자마자 기다렸다는 듯이 네 명의 부장들이 칼 각 폴더인사를 해 온다.

"상무님 나오셨습니까!"

"좋은 아침이네요."

"소식 들으셨습니까? 이번 정기이사회에서 IL그룹과 IX홀딩스 그룹이 법적으로 하나의 기업집단이 된다고 합니다."

그동안은 구조조정만으로 이뤄져 왔던 구두협약이 드디어 결실을 맺게 되는 것이었다.

–치열한 싸움이 벌어지겠군!

'흥미진진하겠는데요?'

아마도 싸움은 지금부터가 아닌가 하는 생각이 절로 든

다.

곧이어 내부 보고도 이어졌다.

"보고부터 올리겠습니다. 간밤에 세계그룹의 인도 공장으로 향했던 설비들이 무사히 항만에 도착했다고 합니다. 이제부터 설치작업을 거치면 최대 사흘 안에 설비가 마무리될 겁니다."

물류동맹체가 세계그룹을 품은 지 이제 막 보름이 지났다.

그들은 기민하게 움직였고, 역시 대기업이 가진 저력을 바탕으로 빠르게 기반을 다져 나갔다.

덕분에 이제 곧 동맹은 완전체로 거듭나게 될 것이었다.

"세계그룹의 월드 리테일은 좀 어때요?"

"얼마 전에 인도로 독일산 모듈러 빌딩을 끌어 와서 조립 중인 것으로 압니다. 그밖에 작은 점포들은 벌써부터 매출이 크게 신장되고 있고요."

"벌써 매출이 나와요?"

"중국에서 생산공장을 철수시킨 그린에버가 물량공세를 퍼부어 준 덕분에 인도에서 반응이 상당히 좋습니다."

중국을 벗어난 그린에버의 저력은 대단했다.

무려 보름 만에 벌써부터 물량공세를 퍼부을 수 있는 기반을 마련해 놓았다는 것이니 말이다.

–이쪽도 투자한 보람이 있네.

'잘하면 지금까지 거둔 투자수익 중 신기록을 수립할 수도 있겠네요!'

–그럼! 물론 엑시트를 얼마나 요령 있게 하느냐에 따라 달려 있겠지만 말이야.

바이아웃의 가장 중요한 부분은 바로 엑시트(EXIT), 즉 회수다.

투자를 했으면 투자금을 회수하는 것이 중요하고, 그를 위한 가장 빠른 수단이 바로 세컨더리다.

회사의 가치가 올라갔다면, 회수과정에서 그만큼 기록적인 수익을 올릴 수도 있을 터였다.

'우리가 만약 그린에버의 주식을 매각한다면, 어디로 매각을 하는 게 가장 좋을까요?'

–음…… 일단은 쥘 수 있을 만큼 오래 손에 쥐고 있는 게 좋지 않겠냐? 성장세가 하루 이틀에 그칠 것도 아니고. 우리가 투자할 수 있는 총알이 적은 것도 아니고.

'하긴.'

한결이 지금까지 만들어 낸 이익금의 규모는 4천억이 조금 넘는다.

GP로서의 원금 및 레버리지 상환까지 다 끝내고도 그만큼이 남은 것이다.

심지어 그린에버에 투자를 하고도 4천억이 넘게 남았다.

이 정도면 투자에 필요한 자금을 논할 필요는 아마 없을 것이었다.

–자, 그럼 이제부터는 뭐가 필요하냐? 4천억을 투자하고 네 세력을 굳건히 유지해 줄 블라인드 펀딩을 시작하는 거야. 투자처를 문어발식으로 확장하는 거지!

'문어발 좋죠. 하지만 그것도 테마가 있어야 하는 거잖아요?'

–테마는 당연히 탈중국, 탈유럽이지. 세세한 테마야 시장이 돌아가는 판세에 따라서 유연하게 결정하면 되는 것이고.

'아하, 탑다운으로요?'

차상식은 투자에 대해선 탑다운 방식을 고수했다. 무려 20년을 넘게 이어 온 그의 철학이자 철칙은 투자에 대한 시행착오를 줄여 주는 가이드라인이나 마찬가지였다.

한결은 이제 그런 차상식의 뒤를 따라서 달리기만 하면 되는 판이 마련되었다.

딩동!

한창 보고를 받고 있는데 메시지가 도착했다.

[마영준 간사 : 대현 쪽에서 요청했던 전장사업 및 완성차 조립에 관한 현지 한국법인의 매칭이 시작되었습니다. 결과는 보름 후에는 나올 것입니다]

만약 이번 프로젝트가 성공한다면 AS컴퍼니의 영향력은 이전보다 훨씬 더 커질 것이었다.

한마디로 이제 동맹체의 집중력은 '투자귀신'에게로 몰려든다는 뜻이기도 했다.

§ § §

오전의 업무를 끝내고 오후의 업무를 진행하는 한결의 책상에는 물류동맹 간의 성과에 대해 서술한 보고서들이 쌓여 있었다.

IX홀딩스와 IL그룹이 한 식구가 될 날이 얼마 남지 않아 업무의 양도 많아진 것이다.

"물류효율 증가로 매출이 5% 이상 상승했다?"

"삼선 전체의 매출 5%가 상승했다는 것이 너무나도 인상적입니다. 삼선 쪽에서는 아예 유럽 쪽 물류도 상무님께서 조정해 주셨으면 하는 눈치입니다."

한결의 사업이 잘나갈수록 동맹체의 협력관계는 더욱 끈끈해졌다.

다만, 사업이 진행되면 진행될수록 옆에서 치고 들어오는 놈들도 많아지기 마련이다.

똑똑! 한결이 보고를 받고 있는데 인기척이 들렸다.

"네, 들어오세요."

하도 바쁜 나머지 곁눈질로 출입문을 쳐다보았는데 이명선 과장이었다.

이명선은 한결에게 꾸벅 고개를 숙였다.

"상무님, 바쁘신데 죄송합니다."

"아니에요. 이 과장은 어쩐 일로 이렇게 바쁘게 올라오셨어요?"

"이것을 좀 보셔야 할 것 같아서 부리나케 달려왔습니다."

한결은 그녀가 건넨 자료를 받아 그 내용을 읽어 보았다.

[…대형마트 2개사, 협력관계 공식 선언]

[편의점에서부터 동네 마트까지 아우르는 대규모 영업전선 구축 예정이라는…]

"물류업계에 발을 하나쯤은 걸치고 있는 회사라면 너 나 할 것 없이 기민하게 움직이고 있군요!"

"아무래도 우리의 확장전략에 대해 어느 정도 위기의식을 느끼고 있는 모양입니다. 출자의 규모가 작년에 비해 급격히 많이 늘어난 느낌입니다."

IX홀딩스의 주도로 설립된 물류동맹을 견제하는 대기업들의 반발심리. 그것이 바로 모든 것을 설명하는 한 단어였다.

"생각처럼 쉽지가 않네."

"아무래도 우리 쪽에서도 뭔가 대응책을 생각해 둬야 할 것 같습니다."

"그건 그렇겠네요. 하지만 그렇게 나쁘게만 생각할 것도 아니겠는데요?"

"경쟁자가 치고 들어오고 있습니다만?"

"만약 저들이 위기의식을 느꼈을 정도라면, 그만큼 우리의 프로젝트가 순항 중이라는 뜻 아니겠습니까?"

"아!"

한결은 즉각적인 반응을 보이되 절대 서두르지는 않았다.

"우리도 지금부터 각 동맹들에게 이 사실을 알리고 서로 협력관계를 맺음으로써 경쟁사들에 대한 견제를 시작하도록 하자고요."

"네, 알겠습니다!"

"이명선 과장은 지금부터 동맹체들의 프로젝트를 취합하고 영업, 마케팅 부서들에게 최고의 매출을 올릴 수 있는 크로스오버 방안을 마련하라고 전해 주세요. 그리고 이 프로젝트는 지금부터 이명선 과장이 전담합니다."

"…감사합니다!"

한결은 이명선에게 그야말로 파격적인 업무를 할당해 주었다.

–이명선을 키우려고 그러는 거야?

'저대로 두기엔 아까운 인재잖아요?'

–이야! 사람을 키워서 쓸 생각도 하고, 그 사이에 많이

도 컸네?

'방 부회장의 가르침을 잊지 않았을 뿐이죠.'

만약 지금보다 더 크게 성장하고 싶다면 자신을 따르는 사람 중 누구를 먼저 키워 줄지부터 생각하면 된다. 그것이 바로 리더로서 성장할 수 있는 덕목인 것이고, 이것을 가르쳐 준 사람이 바로 방 부회장이었다.

"최선을 다하겠습니다!"

"기대하고 있을게요."

이제는 그 가르침을 유감없이 사용할 때이다.

§ § §

이명선이 프로젝트를 이끌면서 물류동맹이 점점 더 굳건해지는 모습을 보였다.

자사의 강점을 부각하여 침몰하는 협력사의 사업을 일으켜 세운다거나 서로의 강점을 엮어 막강한 화력의 프로젝트를 만들어 내기도 했다.

하지만 그러면 그럴수록 외부세력들의 반발도 점점 더 커졌다.

"…KY그룹이라니, 해상무역회사까지 가세한단 말인가요?"

"문제는 KY그룹이 생각보다 물류에서의 영향력이 높다는 점입니다."

KY그룹은 백화점, 유통사를 비롯해 항공, 해상물류 등 대한민국의 대동맥이라 불리는 걸출한 사업들을 여럿 영위하고 있는 기업집단이었다.

지금까지는 유통사업의 역량을 서서히 줄이고 국제시장에 대한 역량을 높여 가고 있는 모양새였지만, 어떻게 된 일인지 돌연 지상물류에 유통회사까지 흡수해 영향력을 키워 나가고 있었다.

이대로라면 KY그룹의 입성으로 IX홀딩스의 입지마저 흔들릴 수도 있다.

"아주 판을 있는 대로 흔드네요."

"하지만 사실상 이것들보다 더 큰 문제가 있습니다. KY그룹이 얼마 전, 쇼핑업계 3위인 아시아 홈쇼핑을 인수하더니 본격적으로 로스리더를 시작했다는 점입니다."

"…로스리더? 규모가 얼마나 되는데요?"

"한화 2천억 규모라고 합니다."

순간, 한결을 포함한 모두의 표정이 작문에 실패한 작가의 종잇장처럼 처참하게 구겨지고 말았다.

§ § §

파격적인 로스리더, 스타마케팅을 이용한 점유율 상승 전략은 IX홀딩스뿐만 아니라 유통업계 전체를 뒤흔들 정도로 강력한 힘을 보여 주었다.

"유통시장에서 2천억이나 태울 정도면 시장에 대한 확신이 그만큼 뚜렷하다는 거 아닙니까? 도대체 저 사람들은 뭘 믿고 저러는 건데요?"

로스리더(loss leader)라는 것은 시장가격보다 파격적으로 저렴한 상품가격으로 시장에 진입한 뒤, 점유율을 높이는 마케팅 전략이다.

1+1, 50% 세일 등 가격을 파괴해서 시장을 뒤흔드는 것이 로스리더의 핵심이다.

한마디로 밑지는 것은 생각하지 않고 시장에 덤벼든다는 의미에서 로스리더 자금 2천억이라는 것은 그야말로 등골이 오싹하게 만들었다.

바닥에 2천억을 버려 가면서까지 덤벼들 수 있는 배경, 그것은 바로 제2의 동맹체 형성이었다.

"얼마 전, 경산그룹에서 재계서열 5위부터 10위에 이르는 대기업들을 아우르는 초대형 유통라인을 만든다는 얘기가 있었습니다. 한데 우리 IX홀딩스가 먼저 선수를 쳐 아시아에 대동맹을 만드는 바람에 프로젝트가 유야무야 끝나 버렸던 겁니다. 그런데 최근 며칠 전에 누군가 이 동맹을 다시 결속해서 자금줄에 혈액을 공급하기 시작한 것입니다."

"그렇다면 저 2천억이라는 돈도 결국에는 KY그룹의 것이 아닐 수도 있다는 거네요?"

"그럴 가능성이 매우 큽니다."

"…젠장!"

참으로 역설적이게도 기업이 업계에서 돈을 벌고 싶다면 그만큼 투자금을 불입해야 한다.

즉, 돈을 벌자면 돈이 필요하다는 뜻이다.

한데 로스리더는 장사를 하면 할수록 밑지는 구조이기 때문에 사실상 효과를 보기가 쉽지 않다.

한데 그 어려운 길을 누군가가 굳이 함께 가 주겠다는 것이었다.

'하필이면 이 타이밍에 그 엄청난 돈을 굴리는 물주가 나타났나? 이해하기 힘든 부분이긴 하네요.'

—아까 저 친구들도 말했다시피 누군가 백업을 잘해 주고 있다는 뜻이야. 그것은 다시 말해서 뭐냐, 너를 조져 버리겠다는 생각을 가진 놈이 있다는 거지.

'나를 조져 버린다?'

상황이 점점 해결하기 어려운 국면으로 흘러가고 있었다.

하지만 그렇다곤 해도 한결은 절대 흔들리지 않는다.

"저쪽에서 굴리고 있는 자금이 과연 얼마나 되는지부터 알아봅시다."

"일단 외형적으로는 지금도 충분히 알아낼 수 있습니다. 굳이 숨기고 싶은 생각이 없다는 듯이 대놓고 눈덩이를 굴리고 있어서 말입니다."

"대놓고 눈덩이를 굴려?"

이것은 크게 두 가지로 해석할 수 있다.

IX홀딩스 동맹에게 보내는 도전장이면서도 누군가 자신들에게 힘을 실어 준다면 그만한 보상을 받을지도 모른다는 기대감을 조성하는 것이었다.

한결은 고개를 가로저었다.

"…골치 아프겠는데?

참전규모가 커지면 커질수록 문제도 커지기 마련이다.

만약 그렇다면 누군가 일부러 문제를 키우고 있다는 뜻인데, 이것은 단순히 물주 노릇을 해준다고 해서 될 일이 아니었다.

"자꾸 누군가 외부에서 자극을 주는 것 같다는 생각이 들지 않습니까?"

"…아무래도 확실히 그렇긴 하네요."

분명하다. 이 사건에는 흑막이 존재하는 것이다.

§ § §

사업 시작 한 달도 채 되지 않았는데 벌써 경쟁자들의 숫자가 열 명 이상으로 늘어났다.

"…와! 이 정도면 뭐, 같이 죽자는 거 아니에요?"

-그 정도로 강한 확신을 가지고 있다는 거겠지. 역설적

으로 얘기하자면 네가 만든 청사진이 그만큼 매력적이었다는 뜻 아니겠냐?

"흠!"

격화되는 싸움을 멈출 수 있는 것은 판을 뒤집는 방법밖에는 없어 보인다.

그리고 그 방법은 오로지 하나뿐이었다.

"…흑막을 제거해야겠어요."

–큭큭! 그거야 당연한 얘기고. 하지만 누가 흑막인지도 알지 못하는 상황인데 뭘 어쩌려고?

"하나부터 천천히! 차분하게 치고 나가자고요!"

한결은 누구보다 긍정적인 사람이다. 상황이 약간 나빠졌다고 해서 절대로 물러서는 법이 없었다.

일단 급한 불부터 끄기로 했다.

우선은 점유율을 지키는 것이 급선무였다.

한결은 아침이 되자마자 출근해서 자산관리실을 비롯한 회사 전체 부서들에게 점유율 방어에 필요한 자료와 정보들을 수집해 오도록 지시했다.

"상대방들이 지금 어떤 방식으로 점유율 경쟁을 펼치고 있는지 알아내야 합니다. 사소한 통계, 점주들의 증언까지, 뭐든 좋으니 일단 자료를 최대한 많이 수집하세요. 어떤 것이든 간에 유통업과 관련된 것이라면 그게 뭐든 다 긁어모으는 겁니다."

"온라인상의 정보도 포함됩니까?"

"될 수 있으면 오프라인 쪽으로 알아보되 한두 명쯤은 온라인을 뒤지는 것도 나쁘지는 않겠네요."

굳이 한결이 온라인이 아닌 오프라인에서 정보를 수집하도록 지시한 것에는 다 이유가 있었다. 아무래도 사람이 얼굴을 맞대고 모으는 정보와 생면부지의 남이 퍼 나르는 정보는 질이 근본적으로 차이가 날 수밖에는 없기 때문이다.

—정보를 모으라고 사람을 보낸 건 좋은데 말이다. 무작정 저렇게 나가서 정보를 모은다고 모아지겠어?

'IX홀딩스 산하에는 종합상사와 물류회사가 있죠. 오며 가며 얼굴 마주치는 사람들이 대한민국에서 제일 많은 곳 중 하나인데, 온라인보다야 오프라인이 낫지 않겠어요?'

—이야, 이번엔 진짜 제법이야. 좀 하는데!

회사의 특성을 살린다면 정보를 모으는 것쯤이야 그렇게 어려운 일도 아니었다.

한결은 자신의 개인 이메일을 열어 놓고 실시간으로 잡다한 정보들을 빨아들이기 시작했다.

업무를 진행하는 도중에도 귀에 이어폰을 꽂고 회사에서 모아 준 정보들을 듣고, 필요한 것이 있다면 메모했다.

점유율을 방어하기 위해서 협력사를 찾았을 때에도 마찬가지였다.

한택글로벌의 전미윤 부장을 만났을 때도 그는 귀에 이

어폰을 꽂고 있었다.

"정보수집을 위해서 끼고 있습니다. 이해해 주시기 바랄게요."

"요즘 50대 부장님들 같고 좋네요."

"…업무 때문입니다. 정말로요."

"쿡쿡, 알겠어요."

전미윤 부장은 장난이랑은 거리가 아예 먼 사람이라고 생각했는데, 의외로 편해지면 장난도 치는 성격인 모양이었다.

하지만 그녀의 장난은 그리 오래가지 않았다.

"우리 한택 쪽에서 과당경쟁 국면을 어떻게 하면 돌파할 수 있을지 생각해 봤는데 말이죠, 아무래도 방법은 딱 한 가지밖에 없는 것 같아요."

"그래요? 방법이 뭔데요?"

"시선을 다른 곳으로 돌리는 거예요."

"시선을 돌린다?"

"어차피 오프라인에서는 아직까지 우리가 점유율 1위를 생각할 정도로 강력한 유통력을 가지고 있죠. 하지만 온라인에서는 어때요? 우리보다 온라인에서 강력한 영향력을 지닌 회사들이 많아요."

"아! 그러니까, 우리가 온라인 시장에 집중하는 척 떡밥을 던지면 시선이 분산될 것이라는 뜻이잖아요?"

"맞아요, 바로 그겁니다."

"좋은 아이디어네요!"

"마침 요즘 포털사이트에서 라이브 쇼핑으로 물건을 많이들 판다고 하니까 우리도 이참에 마케팅 비용 출자해서 인터넷 쇼핑으로 밀어붙이는 것도 괜찮겠다 싶어요."

가상의 세계라는 곳은 오히려 오프라인보다 더 많은 사람들이 방문한다.

유동성으로 따진다면 현실보다 온라인이 훨씬 더 강력한 이점을 가진다고 볼 수 있을 것이었다.

특히나 요즘에는 모바일이 발달하여 오프라인보다는 온라인이 시선을 끌기엔 좋았다.

한결은 당장 그녀의 제안을 받아들이기로 했다.

"출자는 우리가 할게요. 한택은 지원사격을 부탁드립니다!"

§ § §

IX홀딩스도 인터넷 쇼핑몰에 대한 진출시도가 없었던 것은 아니었다.

지금도 인터넷 쇼핑몰을 통해 매출을 올리고 있으며 그 시장이 더욱 커 가고 있으나, 어디까지나 그것은 부가적인 것에 불과하다는 평이 많았다.

아직도 IX홀딩스는 오프라인에서 강력한 동맹을 바탕으

로 저력을 보이고 있었기 때문이다.

하지만 이번에야말로 온라인에서 강력한 모습을 보여 주겠다는 뜻이 인터넷에 천명된 것이었다.

[태풍의 핵, IX홀딩스의 인터넷 쇼핑몰 진출 천명…]

[인터넷 유통업계, IX홀딩스의 진출에 바짝 긴장…]

한결은 중견 신문사들에게 기삿거리를 제공하는 한편, 100억 상당의 출자금을 내보내는 것으로 떡밥을 던졌다.

그러자 경쟁자들의 발걸음이 정말 귀신같이 무거워졌다.

"출자금 유동 수준이 전보다 많이 떨어졌습니다! 로스리더 상품 중에는 벌써 몇몇 제품이 조기소진으로 이벤트를 강제종료했다고 합니다."

"생산단가가 높은 것부터 차례대로 정리하려는 것이겠죠!"

"일단 점유율은 지켰습니다!"

"…그래요, 지키긴 했죠."

모로 가도 서울만 가면 된다고 했으나, 지금은 딱 절반만 도착한 것이다.

한결의 목표는 흑막을 찾아 제거하는 것이지, 작은 승리 따위가 아니었다.

한결은 고민했다.

과연 이 싸움에서 누가 가장 큰 이득을 챙겨 갈 것인가?

차상식은 한 사람을 지목했다.

-금전적인 이득보다도 정치적인 이득을 생각해 보면 답이 나오지.

'…한 전무?'

-그래, IL그룹의 그 새끼 말이야!

우선 적들의 진군은 저지해 놓았으니 흑막이 누구인지 밝혀내는 것이 중요했다.

일단 한결은 흑막일 가능성이 가장 높은 한 전무부터 조사해 보기로 했다.

한 전무가 요즘 어떻게 활동하고 있는지 알아보려면 먼저 IL그룹의 정보가 필요했다.

한결은 IL그룹의 부장들에게 이메일을 보냈다.

[IL그룹 관련 유통회사들의 정보를 모으고 있습니다. 최대한 많은 정보 부탁드립니다]

평소에도 많은 정보가 날아들었지만, 이렇게 특정 포인트를 찍어 주면 부장들은 평소보다 족히 두 배는 더 많은 정보들을 실어 나른나.

[이메일 : 127건]

메일을 보낸 지 20분도 채 되지 않았는데 벌써 127건이라는 엄청난 양의 이메일이 도착했다.

사실 이 정도면 거의 인공지능 AI들이 인터넷 웹서핑으로 정보를 퍼 나르는 수준의 속도였다.

'한 전무가 두 눈을 시퍼렇게 뜨고 있는데도 다들 열심히 정보를 날라다 주네요?'

–그만큼 네가 보여 준 활약상이 대단했다는 뜻이겠지. 나 같아도 젊고 능력 좋은 상무 라인에 서지, 다 죽어가는 전무 라인에는 서지 않을 거야. 게다가 이거야 뭐, 이메일 한 통 보내는 수준이잖냐.

'잃는 것보다는 얻는 게 더 많은 일이라는 거죠?'

–아마 그렇게 판단하지 않았을까?

부장들이 어떻게 생각하고 있건 간에 한결은 거의 실시간으로 한 전무의 행적을 추적할 수 있었다.

유통회사 관련 정보를 수집해 달라고 했더니 모두들 눈치껏 이사회의 재무정보를 야금야금 모아서 보내 준 것이었다.

[…어음발행 : 172억 원]

'저기 있네요! 한 전무의 지시로 발행된 어음!'

–유통회사에 대한 거래를 목적으로 발행되었다곤 하지

만, 사실은 그게 아니겠지!

'…꼬리를 잡았다!'

드디어 꼬리를 잡았다.

이제 슬슬 게임이 마무리되나 싶은 바로 그때였다.

지이아잉!

메시지가 도착했다.

[마영준 간사 : GP님, 큰일입니다]

[나 : 큰일이라니요?]

[마영준 간사 : 공정위가 치고 들어올 것 같습니다]

'이런 빌어먹을?!'

§ § §

난전, 그야말로 춘추전국시대가 펼쳐진 가운데 AS컴퍼니에 뜻밖의 일이 벌어지고 말았다.

바로 공정위원회가 로웰투자신탁의 비리를 빌미로 압박을 넣기 시작한 것이었다.

일단 회사에서 퇴근한 한결은 여의도의 집으로 향했다.

투자귀신의 업무는 오로지 온라인에서만 진행할 수 있기 때문이었다.

[나 : 공정위에서 어떤 문제로 우리에게 압박을 넣는다는 겁니까?]

[마영준 간사 : 아무래도 요즘 리딩방 사건으로 투자업계에 흉흉한 소문이 돌다 보니 자연스레 그 세력의 큰손이었던 로웰투자신탁을 타깃으로 삼았다는 것 같습니다]

–공정위가 리딩방 관련 사건으로 우리를 찍은 거면 여간 귀찮아지는 게 아닐 텐데.

"저번부터 공정위와 관련된 문제가 터질 수도 있겠다는 걱정이 있기는 했잖아요?"

–뭐 그렇긴 하지.

사실상 AS컴퍼니가 로웰투자신탁을 먹어 치웠을 때부터 문제는 이미 예견된 것인지도 몰랐다.

문제는 그 타이밍이었다.

–이상하지 않냐? 왜 지금까지 내동 가만히 있다가 이제와서 AS컴퍼니에게 자료를 달라고 본사로 쳐들어오겠다는 협박을 해? 우리가 사모펀드가 아니었다면, 그리고 엔젤투자를 위해 출자된 회사가 아니었다면 벌써 뒤통수가 탈탈 털렸을 거다.

"그렇다면 이 또한 누군가 배후에 흑막이 존재한다는 거잖아요? 설마하니 이것도 한 전무가?"

차상식은 고개를 가로저었다.

–아니야, 지금으로선 한 전무도 함부로 공정위를 이끌고 다니지는 못할 거야. 잘못하면 역풍을 맞아서 그대로 아웃당할 수도 있을 테니까.

"흠! 그렇다면 결국엔 제3의 인물이 있다는 것이겠네요."

–제3의 인물… 이 아닐 수도 있지.

"혹시 뭔가 짚이는 게 있어요?!"

–확실한 건 아닌데, 이 순간에 너무나도 당연하게 떠오르는 놈들이 있는데 말이야.

"그게 누구인데요?"

–INE파트너스.

잠시 잊고 있었는데, 원래 이들은 삼두마차의 체제로 굴러가던 범죄집단이었다.

지금은 꼬리를 못 잡아서 본사가 어디에 있는지조차 잘 모르는 상황이나, 로웰투자신탁과는 분명히 깊은 관계가 있을 것이었다.

"하지만 아저씨, 그래도 뭔가 이상한 점은 있어요. INE파트너스가 공정위까지 움직일 수 있을 정도의 권력을 가졌다면, 왜 지금까지 우리에게 그렇게 두들겨 맞고만 있었던 것일까요?"

–어설픈 듯 날카롭단 말이시. 맞아, 네 말처럼 INE가 그만한 능력이 있었다면 절대 두들겨 맞고만 있지는 않았을 거야. 하지만 저놈들도 바보는 아니야. 우리에게 두들겨 맞

는 동안 어느 정도 학습을 했겠지.

"학습? 아! 떡밥을 던지고 사냥꾼을 움직이는 방법 말이에요?"

-그래, 그 정도 학습이 되어 있다면 지금의 행동도 이해가 되지. 공정위를 움직이기 위해서 자신들이 가진 정보 하나쯤을 흘렸다면, 말이 되는 거잖아.

"…학습능력이 좋은 편이네요. 합격점 줘야겠는데요?"

고민에 고민을 거듭하던 그때였다.

한결에게 또 한 통의 메시지가 도착했다.

[홍익 문병선 변호사 : 지금 중앙지검에서 공문이 내려왔습니다. 잘못하면 전수조사를 할 수도 있다고 합니다]

"…전수조사?!"

공정위의 본격적인 수사망이 AS컴퍼니를 압박해 오고 있다는 뜻이었다.

그나마도 검찰에서 힌트를 주지 않았다면 거하게 뒤통수를 얻어맞을 뻔했다.

"와! 이거 뭐지?! 이렇게 갑자기 전수조사까지 단행한다고?"

-음…… 운 좋은걸? 그래도 검찰에서 언질을 줬잖아. 원래는 이렇게 공문으로 언질을 주고 그럴 놈들이 아닌데?

"아무튼 간에 덕분에 살았어요!"

뭔가 알 듯 말 듯, 눈을 가늘게 뜨며 생각에 잠겨 있는 차상식이 알쏭달쏭한 표정을 짓고 있는데 메시지는 계속 이어졌다.

[홍익 문병선 변호사 : 로웰투자신탁과 관련해 인수자금 자료에 대한 전수조사를 진행할 수도 있다는 공문이 내려와 있는 상태인데, 아무래도 제가 대리인으로 출석을 좀 해야 할 것 같습니다]

"까다롭네, 전수조사라니……."

-문제는 전수조사 자체가 아니야. 이 새끼들이 과연 어디까지 파고드느냐지. 그래서 만약 우리와 엮인 IX홀딩스의 동맹마저 깨진다면 문제가 아주 커져.

"아! 젠장, 그러고 보니 그게 제일 큰 문제네?!"

이것이 만약 펀드에 대한 타격으로 이어진다면 투자귀신 군단의 근간이 흔들릴 수도 있는 일이었다.

하지만 문병선은 상당히 침착했다.

[홍익 문병선 변호사 : 대책을 마련해 보겠습니다. 일단 필요한 서류부터 말씀드릴 테니 퀵서비스로 보내 주시기 바랍니다]

대변인을 보내기 위해 서류를 꾸미고 준비하는 것이야 그리 어려운 일이 아니었다. 정말로 어려운 것은 그 이후의 일이었다.

"문병선 변호사가 과연 서울지검까지 끼어든 사건을 뒤집을 수 있을까요?"

―…당연하지, 혼자가 아니니까.

"네? 그게 무슨 말이에요?"

―아니야, 아무것도. 아무튼 간에 전수조사 문제는 그렇게까지 크게 신경 쓸 필요가 없을 것 같아.

"신경 쓸 필요가 없다? 정말요?"

―짜식이, 내 말 못 믿냐?

지금 한결에게 주어진 것이라곤 차상식의 호언장담 한마디뿐이었다.

하지만 그것 하나만으로도 충분했다.

"그럼 뭐, 우리도 묘수 하나쯤은 손에 넣을 수 있겠네요. 그렇죠?"

―묘수라니?

"아무래도 이번 판에는 아저씨를 제대로 좀 출격시켜 봐야겠어요."

차상식은 고개를 갸웃거렸다.

―그게 뭔 소리냐. 내가 전투기도 아니고 무슨 출격을 시킨다는 거야?

"우리에겐 차명이 두 개지요. 그렇죠?"

–그렇긴… 하지.

"이제부터는 원맨쇼가 아니라 투맨쇼로 가는 겁니다."

–아?

§ § §

대관령의 양떼목장이 내려다보이는 별장.

통창으로 된 거실의 창 앞에 선 한청수가 위스키를 음미하고 있다.

그런 그의 옆으로 치맛단이 치렁치렁한 슬립을 입은 한 여자가 슬그머니 다가왔다.

"오빠, 여기서 혼자 뭐 해?"

"그냥 풍경을 좀 보고 있었어."

한청수의 곁에 선 사람은 바로 IX홀딩스의 전 안방마님이자 전 대표이사인 안미희였다.

그녀는 삼삼오오 모여 한가로이 풀을 뜯고 있는 양들을 바라보며 물었다.

"행복해 보이지 않아? 저렇게 가족들이 정답게 풀을 뜯고 있는 모습을 보면 말이야."

"…무슨 말이 하고 싶은 건데?"

"우리는 부모라는 사람이 자식새끼 감옥에 보내 놓고 이렇게 한가롭게 양주나 마시고 있잖아. 이런 사람들이 세상에 어디 있어? 그치 않아?"

한청수는 머리가 아프다는 듯, 그녀를 옆으로 스윽 밀어냈다.

"하필이면 이렇게 중요할 때 유진이 얘기를 해야겠어?"

"나도 어미인데! 이럴 때마다 생각이 나는 걸 어째?!"

"…그럼 애초에 감옥에 보내지를 말던가. 왜 이제 와서 후회라는 걸 하는 거야?"

"그땐 어쩔 수 없었잖아!"

후회라는 감정을 그다지 좋아하는 편이 아닌 한청수는 고개를 가로저으며 그저 술을 들이켜고 있을 뿐이다.

그런 그에게 화가 난 모양인지, 안미희는 옆에 있던 잔에 위스키를 가득 따라서 벌컥벌컥 마시기 시작했다.

꿀꺽꿀꺽!

"…미쳤어? 그러다가 식도 다 상해!"

한청수는 그녀의 손을 잡아 더 이상 술을 못 마시게 말렸다.

그런 그에게 안미희는 회한이 가득한 눈을 사납게 흘겨댔다.

"우리 아빠가 살아 계실 때는 그렇게 알랑방귀를 뀌어대더니만! 아빠가 돌아가시니까 안면 싹 바꾸고 IL그룹으로 도망쳐?! 오빠가 도망만 안 쳤어도 우리 이렇게 남에게 지탄받으며 살아가고 있지는 않았을 거야!"

"…내가 너희 가문에 계속 남아서 시종 노릇을 했다면 지금의 자리까지 올 수 있었을 것 같아? 네가 IX홀딩스로 들어가서 사장 노릇하던 그때만 해도 우리의 날이 왔느니 하면서 좋아하더니. 이제 와서, 뭐? 그러는 너는 회장님 돌아가시자마자 IL그룹으로 시집와서 남의 남자를 옆구리에 꿰찼잖아."

"뭐?"

"나에게 최소한의 사랑을 바랐다면, 최소한 내 자식을 뻐꾸기처럼 키우지는 말았어야지!"

우르르릉!

오늘 아침까지만 해도 멀쩡하던 하늘이 일순간 어두워지더니 천둥까지 치기 시작한다.

천둥소리에 그녀는 감정이 조금 더 격해져 갔다.

"내가 하고 싶어서 그랬어?! 잘못하면 IMF에 우리 집안 다 거덜 나게 생겼는데! 그때 도대체 오빠는 뭘 했냐고!"

"…너랑 마찬가지야. 나도 살고 싶어서 IL그룹에서 개처럼 일했고, 전무이사까지 올라와 엘리트 집단의 수장이 되었지, 살고 싶어서."

"살고 싶어? 오빠 혼자서 말이야?"

콰아앙!

하늘에서 번쩍이는 벼락이 떨어졌고, 그 빛이 마치 카메

라의 플래시 조명처럼 한청수의 얼굴을 환하게 비췄다.

하나 그 벼락의 빛이 닿지 않은 어둠 속의 그의 눈에는 그야말로 아귀의 그것처럼 안광이 번쩍였다.

"생존의 욕구보다 인간을 움직이는 데 더 좋은 원동력은 없지. 안 그래?"

"…진짜 질린다, 질려!"

"질려? 후후, 질려도 할 수 없지. 난 말이야, IL그룹을 나만의 세상으로 만들 거야. 그리고 때가 되었을 때, 우리 아들이 그 뒤를 이어받아 IL그룹을 방 씨의 제국이 아닌 한 씨 일가의 제국으로 만들 거라고. 완벽한 청사진 아니야?"

"반전도 없고 감동도 없는 그게… 완벽한 청사진이라고?"

"왜? IL그룹의 안주인이 되고 싶은 마음이 이젠 아예 사라져 버리셨나?"

"…뭐?"

"나는 너와 내 아들, 그리고 IL그룹까지 모두 가질 거야. 방 씨 일가? 그딴 쓰레기 같은 것들은 불 싸질러 버리고 말이지!"

순간, 그녀는 무서운 공포감을 느꼈다. 온몸이 빳빳하게 굳어 버리는 것 같았고, 폐부 깊숙한 곳에서부터 강렬한 떨림을 느꼈다.

하지만 이상하게도 그녀는 이 남자에게 서서히 빠져들고

말았다.

"…오빠의 제국?"

"아니, 우리의 제국!"

어쩐지 모를 분노가 느껴졌던 오늘.

그녀는 오늘 자신이 왜 그렇게 분노했었는지 이제야 비로소 알게 되었다.

지금까지 그녀는 사랑이 아닌 욕망에 가득 차 지금까지 한청수와 함께하고 있었다는 것을 뼈가 사무치게 깨달은 것이었다.

§ § §

강남의 한 클럽.

쿵쾅, 쿵쾅! 쿵쿵쾅쾅!!

시끄러운 음악 소리가 쉬지도 않고 고막을 때려 댄다.

클럽의 VIP룸 여기저기에서 축 늘어진 남녀가 볼썽사납게 뒤엉켜 있었다.

그런 클럽의 VIP룸을 헤집고 들어온 남자가 있었다.

"…개판이구만."

사내가 내뱉은 첫 마디였다.

이윽고 사내는 엉망진창이 되어 버린 방을 가로질러 은회색 트레이닝복을 입은 남자에게 곧장 다가갔다.

"음…."

아직도 뭔가에 잔뜩 취해 꿈틀거리는 남자에게 사내는 바로 옆에 있던 얼음물을 확 끼얹어 버렸다.

좌락!

그러자 꿈틀거리던 남자가 눈을 번쩍 떴다.

"…아, 뭐야?!"

"쌍욕을 박을 줄 알았는데, 그래도 제법 젠틀하네?"

"박 실장?"

"일어나. 씻고 가야 할 데가 있어."

"…뭔 개소리야? 지금 시간이 몇 시인 줄 알아? 아침 8시라고. 이 시간이면 해장국집도 문을 안 열어."

"해장국을 직접 사 먹어 본 적이나 있어서 그런 소리를 해?"

"큭큭큭! 뭐, 그건 그렇지만!"

"아무튼, 일어나. 다음 달에 IL그룹 이사회가 시작될 거야. 어디 가서 시원하게 해장국이라도 한 그릇 먹고 나가서 이제부터 준비해야지."

"…내가 왜?"

"전무님 명령이야."

은회색의 트레이닝복을 입은 청년은 피식 웃으며 다시 고개를 축 늘어뜨렸다.

"X까라 마이싱이세요! 내가 미쳤다고 그 꼰대 새끼 말을 든냐?”

“잘하면 IL그룹 이사회에서 너를 다시 IX홀딩스의 회장으로 추대할 수도 있어. 아니면 그 반대가 될 수도 있고.”

“뭐?”

“네 아버지 회사, 지금 네가 회장으로 입후보하지 않으면, 네 어머니가 또다시 먹을 수도 있다고.”

마치 오징어처럼 늘어져 있던 청년이 자리에서 벌떡 일어섰다.

“…다시 한번 씨불여 봐. 뭐라고?”

“네 어머니가 IX홀딩스로 컴백할 수도 있다고.”

청년은 비틀거리며 걷기 시작했다.

그러자 남자가 물었다.

“어디 가?”

“…어디 가긴, 병원 가서 수액 맞고 정신 차려야지. 내가 씨발, 뒈지는 한이 있더라도 그딴 더러운 꼴은 못 봐!”

남자의 얼굴에 옅은 미소가 일렁이는 듯하다.

제8장

흑막대결

IL그룹의 정기이사회가 한 달 앞으로 다가온 가운데 공정위의 AS컴퍼니 전수조사에 대한 이슈가 온 회사에 퍼지기 시작했다.

그런 가운데 펼쳐지는 자산운용실 회의 분위기가 좋을 리 없다.

"…일이 어렵게 되겠습니다. 잘못하면 IL그룹을 제치고 만든 좋은 그림이 순식간에 엉망이 되어 버릴 수도 있으니 말입니다."

"설마 그렇게까지?"

"바닥에서 고점까지 올라가는 데 겨우 2개월도 채 걸리지 않았으니 떨어질 때도 순식간이겠지요."

"사람이 뭐 그렇게 네거티브하나? 설마하니 상무님께서

아무런 생각도 없이 AS와 동맹을 맺었을 것 같아?"

"또 모르지요. 사람은 누구나 실수를 하는 것이니."

"어째 우리가 망하길 바라는 사람처럼 얘기하네?"

자산운용실의 부장과 차장들은 비관적이었고 신경 또한 무척 날카로워져 있었다.

비록 서로 박 터지게 싸우는 정도는 아니더라도 비관론자와 낙관론자가 첨예하게 대립하는 모습을 보였다.

"이런 대립은 좋지 않아요. 모두들 자중하세요."

"…죄송합니다."

팀 내에 분열이 일어날 것만 같은 느낌이다.

한결은 이들이 더 이상 서로를 비난하는 상황을 만들면 안 된다는 직감이 왔다.

'새로운 목표를 던져 줘야겠네요.'

-공공의 적을 만드는 것보다 더 좋은 통합방식도 없지!

이들에게는 공공의 적과 공공의 목표가 있었다.

바로 IL그룹과의 신경전에서 싸워 이기는 것이었다.

"자회사의 상무이사가 될 사람으로서 이런 얘기를 한다는 것이 참으로 미묘합니다만, 그래도 아직은 우리가 경쟁해야 할 상대이기에 한시도 긴장을 늦출 수 없습니다. 그래서 말인데, 이쯤에서 새로운 프로젝트를 시행해야 할 것 같다는 생각이 드는군요."

"새로운 프로젝트라……."

한결은 자리에서 일어서더니 이내 서류가방에서 길쭉하게 생긴 원통형의 케이스를 꺼내 들었다.

부장과 차장들이 고개를 갸웃거는데 한결은 케이스에서 돌돌 말린 지도를 꺼내 펼쳤다.

촤락!

"세계지도?"

"박성화 차장, 내 가방에서 고정핀이랑 실 좀 꺼내 오세요."

한결의 지시가 떨어지자마자 박성화 차장은 투명한 케이스에 들어 있는 고정핀과 형형색색의 굵은 실을 꺼내어 한결에게 건네주었다.

이제 한결은 빳빳하게 펼쳐 놓은 지도를 회의실 벽면에 양면테이프로 고정해 놓았다.

"요즘 여러 가지 일이 있었기 때문에 잠시 잊고 있었겠지만, 우리는 여전히 알타시아 공략과 브릭스 시장 전력의 수정 프로젝트를 진행 중에 있습니다. 사실 지금 우리 주변에 놓인 상황들은 그렇게까지 크게 신경 쓸 것들은 아니죠. 회사가 합병된다고 해서 그 사람들이 우리 업무까지 대신해 줄 건 아니니까요."

"그건 그렇습니다만……."

"이렇게 생각해 보자고요. 우리 앞에 펼쳐진 이 지도에서 선으로 그은 곳만큼은 절대 남에게 빼앗기지 말자!"

한결은 아시아 주요 지역과 브릭스, 그리고 아프리카에 각각 고정핀을 꽂았다.

그러자 IX홀딩스가 주력하고 있는 시장이 보기 좋게 표시되었다.

"안상조 차장!"

"네, 상무님!"

"앞으로 나와서 담당하고 있는 프로젝트의 주요 거점을 노란색 실로 연결해 보세요."

한결의 지시에 안상조 차장은 남아프리카공화국과 인도를 연결했다.

그러자 이제 전도에는 노란색의 선이 선명하게 그어졌다.

"자, 바로 여기가 안상조 차장이 맡고 있는 프로젝트. 그러니까 남아공과 인도를 잇는 브릭스 프로젝트의 제3 섹터입니다. 제3 섹터는 현재 어떤 조정 프로그램을 수행 중이죠?"

"얼마 전부터 끊어졌던 인도의 곡물운송이 재개됨에 따라 항만시설에 필요한 인원을 증원 중에 있습니다."

"한마디로 인원의 증가와 감소에 효과적으로 대비할 수 있는 프로그램이 아직 없다는 뜻이네요?"

"네, 아무래도……."

안상조 차장의 안색이 급격히 안 좋아졌다. 안 그래도 골

머리를 앓고 있던 부분을 한결이 정확하게 지적해 버린 것이다.

그러자 안상조를 제외한 나머지 부장과 차장들의 표정도 순식간에 반전되고 말았다.

"우리가 집중해야 할 곳은 바로 여깁니다! 주변에서 뭐라고 떠들던 간에 우리는 우리 밥그릇을 지켜야 한다는 거죠."

"아!"

"지금도 맡은 바를 충실히 이행하지 못하는데 남들과 경쟁해서 좋은 자리를 점하겠다? 말도 안 되는 소리죠."

한결은 이 엘리트들의 목표의식을 자극했다.

-그래, 군대를 움직이려면 중간지휘관들에게 목표의식을 심어 줘야지!

'한눈팔지 못하도록 만들어 놓으면… 뭐, 나도 한시름 놓겠죠. 그쵸?'

안상조만 프로젝트를 진행 중인 것은 아니었다.

부장과 차장들의 이름을 차례대로 호령해 앞으로 불러들인 한결은 각자의 색깔에 맞는 실을 주고 담당지역을 이어 보라고 지시했다.

그러자 하나둘 형형색색의 실이 마치 거미줄처럼 엮여 가기 시작한다.

"무역의 네트워크가 이제야 눈으로 보이는군요. 그렇죠?"

"……음!"

부장, 차장들은 뭔가 가슴속에서 말로는 형언할 수 없는 감정을 느꼈다.

이 거대한 지구라는 지도를 종횡무진하는 자신들의 웅장한 작품을 눈으로 직접 보니 감회가 새로운 것이었다.

"우리가 손에 넣은 것들입니다. 하지만!"

한결은 서류가방에서 가위를 꺼내더니 이내 실을 하나씩 자르기 시작했다.

서걱.

"우리가 애써 만든 해상제국이 이렇게 허무하게 세력을 잃었습니다. 그리곤 줄이 하나씩 끊어져 거점 전체가 날아가 버릴 수도 있겠죠?"

이번에는 아예 고정핀 하나를 빼 버렸다.

그러자 모든 줄들이 느슨해지더니 아름답게 엮인 실들이 볼썽사납게 축 늘어지고 말았다. "공든 탑은 이렇게 무너집니다. 주변에서 뭐라고 하든 간에 우리는 우리의 길을 가야 합니다. 그게 무역업에 종사하는 우리가 해야 할 일인 것이고요."

약간의 충격, 그리고 발등에 불이 떨어질 수도 있다는 강력한 경고의 메시지를 받은 부장과 차장들은 그제야 경각심에 눈빛이 달라졌다.

"…당장 프로젝트부터 재점검하겠습니다."

"무역거점으로 직접 날아가 현장을 점검하고 부족한 부분을 곧바로 채워 넣겠습니다!"

"지금 우리가 해야 할 일들을 비로소 입으로 꺼내 놓기 시작했군요. 바깥의 일은 제가 알아서 합니다. 여러분들은 그저 맡은 바 소임에 최선을 다하면 되는 겁니다. 아시겠어요?"

"네!"

"그럼 오늘 회의는 여기서 마치겠습니다."

때론 연설 하나가 나라를 뒤집기도 한다.

한결은 언어가 가진 힘을 믿고 분열 직전의 팀원들을 하나로 묶어 준 것이었다.

-제법인데?

'뭐 이 정도 가지고! 그나저나 이제 아저씨도 슬슬 움직이셔야 할 텐데요?'

-후후, 걱정하지 마라! 이제 머릿속에 프로젝트를 다 짜 놨으니까!

§ § §

아침 회의를 마치고 집무실로 돌아온 한결은 MTS부터 켰다.

[산강투자증권 MTS]

[예치금액 : 30,000,000,000원(KR/W)]

시드머니 300억 원.

한결은 이 돈으로 차상식이 자유 투자를 할 수 있도록 제2 차명을 내어 주었다.

이것이 바로 원맨쇼에서 투맨쇼로 노선을 갈아타려는 한결의 첫 번째 계획이었다.

–음! 오랜만에 투자를 하려니까 흥분되는군?!

"아저씨 손에 300억 정도만 있으면 놈들에게 혼란을 주는 것 정도는 일도 아니겠죠?"

–큭큭큭! 혼란을 주는 것으로 되겠냐? 뒤통수에 아주 도끼를 찍어 줘야지!

누가 되었든 간에 지금은 한결을 노리는 사람들이 많았다. 투자귀신을 어떻게든 꺾으려는 세력들이 판을 치는 것이었다.

만약 그렇다면 한결이 이런 혼란이 야기되도록 할 수도 있다.

'과연 이 시장에 투자귀신이라는 놈이 또 있다면?

놈들이 AS컴퍼니에 온 신경을 다 집중하고 있을 때, 차상식이 투자귀신의 배후에서 자신만의 특기로 시장을 흔들어 버린다면?

과연 추격자들은 어떤 반응을 보일 것인가?

한결은 차명과 귀신, 이 둘을 섞어서 교묘하게 연막작전을 펼치려는 것이었다.

[매수주문 : 선물옵션(콜옵션)]

[포지션 : 매수]

[종목 : 펄프/종이]

[매수금액 : 100억]

–자, 그럼 시작은 산뜻하게 옵션으로 좀 질러 볼까나?

'펄프라. 이걸 사는 데에는 분명 이유가 있으신 거겠죠?'

–물론이지!

한결은 차상식의 투자에는 관심을 끄고 그가 왜 이렇게 움직이는지조차 묻지 않았다.

그저 차상식이 투자하라는 대로 MTS의 버튼만 눌러 줄 뿐, 모든 것은 차상식의 자유의지로만 굴러가게끔 만들었다.

내가 하는 일이지만, 나도 모르는 투자가 진행되고 있는 셈이었다.

–큭큭큭! 재미진 일 하나 벌어지겠네!

'기분이 좋아 보이네요?'

–당연하지! 도대체 얼마 만에 주식시장 나들이를 하는 건데!

작품을 준비하는 차상식의 얼굴이 너무나도 행복해 보인다.

아마도 지금까지 차상식은 자신의 뜻대로 마음껏 투자할 수 없어서 답답했을 것이다.

한데 한결이 그 답답함을 차명계좌로 시원하게 뚫어 주었으니 사이다를 마신 듯 시원해진 것이었다.

–자, 그럼 다음은 느슨해진 편의점 업계에 경각심을 주는 사건을 좀 만들어 볼까?

'편의점이요?'

–차이나 리스크라고 들어봤냐?

§ § §

KY리테일 경기지사의 동부 마케팅 담당자인 유양수 부장에게 뜻밖의 얘기가 들려왔다.

"…차가 안 나가? 그게 무슨 소리야?"

"배달트럭을 배차해도 기사들이 움직이지를 못하고 있다고 합니다."

한창 로스리더로 경기 동부지역을 휩쓸고 있던 KY리테일은 그야말로 물량공세를 연일 퍼부으며 시장점유율을 서서히 높여 가고 있었다. 한데 오늘 아침에 갑자기 유통차량들의 배차가 꼬여 움직이지 못하고 있다는 소식을 들은 것이었다.

도대체 이게 무슨 일인가 싶어서 당장 유통담당자들에게 연락을 돌렸다.

–네, 유 부장님!

“이봐, 홍 대리! 트럭 배차가 안 된다는 게 도대체 무슨 소리야? 멀쩡하던 트럭들이 왜 배차가 안 돼? 세상에 이러는 법이 어디 있어?!”

–저희들도 난감합니다! 이거, 갑자기 왜 이렇게 올스톱이 된 건지 도통 이해할 수가 없습니다.

“와, 나, 진짜! 이거, 누구한테 확인해 봐야 하는 거야?”

–담당자가… 강우진 팀장으로 되어 있네요. 동부지사 배송관리팀장이요.

“알겠어. 일단 끊어 봐!”

그는 당장 강우진 팀장에게로 전화를 걸었다.

그런데 다짜고짜 클레임을 처맞았다.

–부장님! 갑자기 이러시면 곤란합니다!

“그게 뭔 개소리야? 지금 누구 때문에 마케팅 전략이 다 망하세 생겼는데!”

–로스리더 물량이 너무 많아서 그런지 배차가 자꾸 꼬이잖습니까? 이럴 것이었으면 배차를 좀 늘리든지, 아니면

물량을 좀 스마트하게 회전시키든지! 이건 아니잖아요!

"허! 이 새끼가 보자 보자 하니까? 야, 인마! 너희 부장 바꿔!"

–부장을 바꾼다고 일이 끝납니까?!

"뭐, 이 새끼야?!"

잘못하면 멱살을 잡게 생겼다.

아침부터 물건이 돌지 않으니 사람이 자꾸 스트레스가 쌓여 절로 날카로워지고 있는 것이다.

"…뭐, 다 필요 없고, 이거 딱 하나만 말해. 배차는 왜 자꾸 꼬이는 건데?"

–그거야 현장 담당자한테 직접 물어보셔야죠.

"자네가 담당자 아니야?"

–저는 배송관리팀장이지 물류창고장이 아니잖습니까?

"하! 하여간 이놈의 회사를 때려치우든가 해야지!"

도무지 답이 없어 보인다.

짜증이 욱 올라오려던 그때였다.

"부장님! 큰일입니다!"

"…뭐가 또?"

"지금 경기 동부 일부 지역에 요소수가 바닥나는 바람에 배송에 차질이 생기고 있다는 모양입니다!"

"뭐? 갑자기 그게 무슨 소리야? 요소수가 바닥나다니!"

"경기 동부로 왔어야 할 물량이 서울 남부로 가 버렸다는데요?"

"그게 말이 되나! 아니, 그거랑 우리랑은 도대체 무슨 상관이야. 요소수는 본사에서 관리하지 않나?"

"원래는 그랬었는데, 몇 년 전에 요소수 대란이 일어나면서 정책이 바뀌었습니다. 배송기지에서 현지 매입으로 말입니다."

"…뭐야? 그럼 현지에서 누군가 요소수를 싹쓸이해 버렸다는 거야?"

"그런 것 같습니다. 지금이라도 요소수 매입해서 물류 사이클을 한 번이라도 못 돌리면 배차는 계속 꼬일 겁니다."

"아, 젠장!"

중국발 '요소수 대란' 때문에 회사 정책이 바뀌어 일이 복잡하게 되어 버린 것이었다.

게다가 갑자기 물류라인이 확장되면서 '물류동맹' 이라는 것이 생겨 버렸고, 그 바람에 라인도 복잡하게 꼬이게 됐다.

실무 담당자가 정말로 누구인지도 모르는 상황 속에서 과연 요소수 문제를 해결할 수 있을지 의문이다.

유양수 부장은 고개를 가로저었다.

"…X됐네, 이거."

§ § §

공정위의 신청으로 첫 증인출석에 임하는 문병선은 여느 때와 다름없이 서울지검 검사들의 질문에 차근차근 대답했다.

"AS컴퍼니는 범죄의 목적으로 로웰컴퍼니 등 네 개 회사를 인수한 적이 없다는 겁니까?"

"회사를 인수한 바는 있으나 범죄의 목적은 아니었습니다. 오히려 작전주 세력이 설치지 못하게 만들겠다는 공익의 목적이 있었다면 몰라도요."

"그렇다면 전수조사를 거부하는 것은 무슨 이유에서입니까?"

"저희들은 투자자들의 정보를 보호하고, 그들의 기본권을 존중하기 위해서 전수조사를 재고해 달라고 한 겁니다. 만약 굳이 해야겠다면 저희들로선 사실상 거부할 이유는 없습니다."

"모든 것이 순전히 투자자들을 위한 일이다?"

"그런 목적이 없었다면 저희들은 애초에 엔젤투자를 기획하지도 않았을 겁니다. 굳이 애써 대기업에 연줄을 만들어서 미래가치는 높으나 자금사정이 어려운 회사를 도와 해외진출을 장려하지도 않았을 것이며, 회사마다 수백억의 자금을 출자해 줘서 부채비율을 낮춰 주려 하지도 않았을 겁니다.”

“흠…… 그야 뭐…….”

“인터넷을 한번 들여다보시지요. 지금 시장에서 AS컴퍼니의 전수조사에 대해 사람들이 어떻게 생각하고 있는지 말입니다.”

문병선은 그 어떤 말을 하건, 그 어떤 질문을 받아도 당당했다.

그만큼 최대주주에 대한 신뢰가 두터운 것이다.

검사 이한목은 신경질적으로 노트북을 닫았다.

탁!

“쯧! 뭐, 그래요, 우리도 사실상 AS컴퍼니를 조사하고 싶어서 조사하는 건 아니거든요?”

“…그게 무슨 말입니까?”

“공정위에서 하도 압박을 해대니까 그런 거지, 우리라고 투자시장 눈치 보면서 수사하고 싶겠습니까?”

너무나도 뜻밖의 말이었다.

그 악명 높은 중앙지검 형사부 검사가 조직의 의도에 반대되는 발언을 하다니 말이다.

문병선은 이게 무슨 일인가 싶어서 전혀 미동조차 하지 않은 채 상황을 파악하기 시작했다.

“그 말은 그러니까 지금 이 모든 것이 공정위의 뜻이라는 겁니까?”

"뭐, 그런 셈이죠. 사실 말이야 바른 말이지, 우리가 당신들 덕분에 소탕한 리딩방 조직이 몇 개인데요. 이제 곧 로웰투자신탁에서 정보를 쫙쫙 뽑아내서 우리 쪽 수사망에 도움을 줄 사람이 다름 아닌 투자귀신인데, 우리가 미쳤다고 당신들을 잡아다 조사하겠습니까?"

"그거야……."

"팔은 안으로 굽는다고, 공정위에서도 누군가 자꾸만 정보를 제공해 주고 있는 것이겠죠. 그렇지 않고서야 일이 이렇게 되겠습니까?"

이건 사실상 그냥 대놓고 힌트를 주고 있는 것이나 마찬가지였다.

'공정위에 끄나풀이 있다는 건가? 그렇다면 도대체 누가? 왜? 어떤 목적을 가지고?'

문병선은 머리가 어지럽게 꼬여 가자 절로 인상을 찌푸렸다.

그런 그에게 검찰은 결정적인 제보를 해 주었다.

"이건 뭐, 우리도 은혜를 갚는 차원에서 주는 건데 말입니다. 당신은 믿을 만한 사람인 것 같으니 드리도록 하죠."

"……어?"

[이스트아시아 센트럴 인베스트먼트 집중조사]

“조사자료의 일부분입니다. 앞뒤는 쳐 냈고요, 당신들이 알아 둬야 할 것만 추려서 넣은 겁니다. 여기서 읽어 보시고 바로 폐기하세요. 그럼 조사 끝났으니 이만 돌아가도 좋습니다.”

“이대로 조사를 끝내시겠다고요?”

“왜요? 더 끌어야 할 이유가 있습니까? 그럼 종결 치지 않고 조금 더 기다려 드리고요.”

완전한 협력관계, 그야말로 악어와 악어새 관계가 따로 없었다.

문병선은 손가락 세 개를 펼쳤다.

“딱 30분만 이따가 다시 뵐 수 있습니까?”

“흠…… 뭐, 그러시죠. 담배 한 대 피우고 올 테니까 천천히 보고 계세요.”

순간, 문병선은 이것이야말로 자신이 출세할 수 있는 절호의 찬스라는 것을 깨달았다.

투자의 귀신이 공익에 관련된 일을 너무나도 많이 해냈기에 문병선 역시도 그 후광효과를 받게 될 수도 있는 일이었다.

‘…역시, 보통의 인물이 아니었어. 와! 이렇게 덕을 보게 될 줄이야?!’

문병선은 재빨리 조사보고서를 읽어 나가기 시작했다.

[…자금출처 : HMN파트너스]

[모종의 협력관계로 예상되나, 아직까지 자금교류 이외의 물증은 획득하지 못했으며…]

[…자금출처 : IX인터내셔널]

[재무이사 직권으로 IX홀딩스와 IL그룹의 채권을 발행 및 협조하여 조달…]

문병선은 보고서를 읽고 난 뒤, 자리를 박차고 일어섰다.

서울지검이 자신을 이곳까지 불러들인 것은 바로 이 보고서를 내어 주기 위함임을 깨달은 것이다.

"검사님! 이 검사님!"

§ § §

뜬금없는 요소수 대란으로 곤욕을 치른 KY리테일은 점점 꼬여 가는 배차문제로 유통이 마비될 지경에 이르렀다.

불과 한화 100억으로 일어난 일이었다.

[…물류 카르텔의 역기능…]

[도끼로 제 손등을 찍은 KY연합, 요소수 하나로 몰락의 길을 걷나…]

—크흐! 손맛 죽인다!

"어떻게 여기서 딱 요소수를 건드릴 생각을 하셨어요?"

—이 동맹체라는 것은 말이야, 급조되면 급조될수록, 조직이 크면 클수록 작은 오류 하나로 뒤집히게 되어 있거든.

"아직 체계가 안 잡혀 있으니까?!"

—특히나 지휘권이 가장 큰 문제가 돼. 힘 좋은 기업들이 대거 몰려든 만큼 저마다 목소리를 높이게 되니까. 밑에서는 밑에서 대로 담당자들 간의 연결고리가 꼬이게 되고.

"왠지 풍부한 경험자의 뉘앙스가 느껴지는데요?"

—PMI를 하다 보면 흔하게 겪는 일이지. 인수합병 시기에는 다 같이 주가상승이라는 뽕에 취해서 어깨 걸고 으으 하거든. 그런데 막상 일이 터져 봐라? 서로 남 탓하기 바빠. 그게 바로 카르텔의 현실이라는 거지.

차상식의 요소수 한 방은 엄청나게 강력했다.

심지어는 저 탄탄해 보이던 동맹체에까지 영향을 미칠 정도였다.

"듣자 하니 이제 슬슬 카르텔끼리 출자하는 데 눈치를 보기 시작했다고 하던데 말이죠. 이러면 뭐, 아저씨의 그 한 방에 아예 녹다운된 거 아니에요?"

—에이, 벌써?! 난 아직 시작도 안 했는데?

"…또 있어요?"

—당연히 있지! 잘 봐, 인마! 이제 곧 두루마리 휴지 하나

가지고 코피 터지게 싸우게 될 테니까! 큭큭큭!

차상식이 두고 있는 수는 무시무시했다. 어느 하나 허투루 넘기기 어려운 계책을 담고 있었다.

만약 이런 사람을 적으로 만났다면 어떻게 되었을지 상상만으로도 끔찍했다.

스승의 능력에 새삼 감탄하며 정세를 살피다 보니 어느새 저녁이었다.

"오늘 저녁은 뭘 먹어야 잘 먹었다고 소문이 나려나?"

–당빠 소주지!

"아저씨는 귀신이라 잘 모르겠지만, 이 젊은 사지육신은 술독에 빠져 장아찌가 되기 직전이라고요."

–칫, 나약한 놈!

"오늘은 아무래도 샐러드가 좋겠네요."

–으윽! 너 무슨 누렁이는 아니지? 어떻게 인간이 풀떼기 몇 포기 먹고 한 끼를 때웠다고 할 수 있다는 거야?

"사람은 잡식이거든요~"

가끔씩은 건강을 생각해서 샐러드를 만들어 먹기도 할 정도로 한결은 몸 관리에 진심인 사람이다.

차상식은 그런 한결을 보며 뭔가 아련한 미소를 지었다.

–우리 마누라도 샐러드 잘 먹었는데…….

"아이고, 조만간 또 만날 겁니다! 에헤이, 참!"

–…말이 그렇다는 거야, 말이!

귀신의 넋두리를 들으면서 저녁을 준비하던 도중 한 통의 메시지가 도착했다.

[홍익 변호사 문병선 : 검찰 측에서 이스트아시아 센트럴 인베스트먼트와 HMN, IL그룹 간의 불법 채권거래에 대한 자료를 확보한 것으로 보입니다. 확인하시고 혹시 관련 자료가 있다면 좀 보내 줄 수 있으신가요?]

[첨부파일 : 1개]

“어엉?!”

–그래, 이럴 줄 알았지!

“미친! 어째 뭔가 좀 수상하다 싶기는 했지! 아니, 그나저나 검찰에서는 왜 이런 정보를 덥석 주는 거래요?”

–오는 게 있으면 가는 게 있는 법이지. 그간 우리가 준 정보로 재미 좀 봤을 거 아니냐. 그런 정보원이 곤란한 상황인 것 같다 싶으면 슬쩍 도움의 손길을 내밀어 주는 것이 인지상정이지! 그럼 우리도 적당한 답례를 하지 않것어?

“아! IL그룹과 우리 사업이 첨예하게 얽혀 있으니까 아예 근간부터 뒤흔들어서 판을 엎어 버리라는 거네요!”

–그야말로 일석이조, 우리에게도 득이 되고 저 사람들에게도 득이 된다는 거지.

“이번 사건이 끝나면 IL그룹 쪽에서 뭔가 굴비 엮듯이 정보가 줄줄 올라올 테니까요?"

―당연한 말씀!

한결은 그간 투자귀신으로 활동했던 노고를 보답 받는 기분을 느꼈다.

이렇게 되면 샐러드가 중요한 것이 아니었다.

한결은 서둘러 옷을 갈아입었다.

"회사로 다시 가야겠어요!"

§ § §

스포츠카의 가속페달을 있는 대로 밟아서 도착한 IX홀딩스는 여전히 불야성을 이루고 있었다.

한결은 자산관리실에 도착해 열심히 일하고 있는 부하직원들과 만났다.

"다들 바쁘죠?"

"아닙니다! 그저 목표를 위해 열심히 달릴 뿐입니다!"

"그래요, 열심히 합시다!"

목표를 향해 죽을힘을 다해 달리는 부하들을 뒤로한 채, 한결은 집무실로 달려갔다.

컴퓨터를 켜고 데이터베이스에 접속했다.

자산관리실장으로서 한결이 얻을 수 있는 정보에는 제한이 없었다.

[접속권한 : 1등급]

재무에 관한 자료는 무제한으로 볼 수 있다.

심지어 회사의 맹점이 되는 자료들까지도 접근이 가능했다.

한결은 자신이 정리했던 재무자료 이외에 회사 데이터베이스에 있는 재무자료들을 찾아내기 시작했다.

문병선이 보낸 첨부파일을 열고 찾아내야 할 자료목록을 숙지하는 것이 그 첫 번째였다.

[IX홀딩스 전체 채권관리 목록(이사급 특별권한으로 발급된 목록)]

[IL–IX홀딩스–HMN 간의 채권발행 및 주식거래 목록(스톡옵션–재무이사 재량)]

순간, 한결은 자신의 눈을 의심했다.

"재무이사 재량으로 스톡옵션을 발행했다고?"–헐! 재무이사 재량으로 발행한 스톡옵션이었다면 특별관리대상으로 등록이 되어 통상적인 재무자료에는 나오지 않았을 거 아니야?

"와! CPA가 없다고 아주 자기들 마음대로 깽판을 쳤구만?!"

한결은 재빨리 스톡옵션이 발행된 내역이 있는지 확인해 보았다.

[검색 결과 : 51건]

"…찾았다! 그나저나 검찰은 이 자료를 도대체 어디서 얻은 거지?"

-지금은 그게 중요한 게 아니지. 우리가 위기에서 벗어나자면 반드시 필요한 사람들에게 자료를 넘겨야 한다는 게 중요한 거야!

"으음……."

한결은 어쩐지 약간 찝찝한 기분이 들었다.

그런 한결에게 차상식은 결정적인 한마디를 해 주었다.

-아마 리딩방을 조사하다가 알아냈을 거야.

"리딩방이요? 우리가 조사할 땐 별거 없었잖아요."

-그거야 장부상에 나온 것들만 가지고 했을 때의 얘기지. 검찰은 관련자들을 잡아서 족치잖냐.

"아!"

-이거 하나만 알아 둬. 검찰은 좋은 싫든 우리와 항상 함께하는 존재야. 족칠 때가 되면 우리를 죽기 직전까지 두들겨 팰 것이고, 우리가 도움이 된다고 생각되면 얼마든지 손을 잡을 인간들이지.

"우리에게 있어서 검찰은 필요악이라는 건가요?"

–그건 저들에게도 마찬가지야. 우리는 엔젤투자를 통해서 사세를 확장하고 있잖냐. 사실 네가 투자귀신이라는 것도 어느 정도는 눈치 채고 있었을 거야.

"허… 진짜요? 아니, 잠깐만! 그럼 아저씨는 이 모든 걸 다 알면서도 일부러 스포츠카를 타고 서울 시내를 활보하라고 한 거예요?"

–저들 중 누군가에겐 내가 정보를 던진 것이나 마찬가지야.

"…그러다가 감옥에라도 들어가면요?!"

–그럴 일 없으니 한 거지.

"내가 필요한 이상, 저들은 절대 잡은 손을 놓지 않을 것이니까."

–너의 조력자들을 만들어 둔 거야, 검찰 조직 내부에.

그제야 한결은 차상식이 그동안 행했던 모든 것들이 이해가 됐다.

엔젤투자를 붙여 준 것도, 심지어는 기업계에 큰 영향력을 갖게 만든 것도 말이다.

"그럼 처음부터 이 모든 것이 계획되었다는 뜻이에요?"

–너는 뜻을 정하고, 나는 길을 알려 주고. 그런 거였지.

"아!"

–말했잖냐, 버스를 태워 주겠다고.

한결은 차상식을 스승으로 만난 것은 천운이라고 새삼 느꼈다.

한결은 PC에서 자료를 모아서 문병선에게 보냈다.

그러자 곧바로 답장이 왔다.

[홍익 변호사 문병선 : 자료 감사합니다. 그리고 바로 어제 검찰을 통해 우리 쪽으로 연락을 취해 온 인물이 있었습니다. 한번 만나 보시겠습니까?]

"음?"

§ § §

AS컴퍼니의 검찰조사가 계속되고 있음에도 불구하고 IX홀딩스의 동맹은 굳건히 유지되고 있었다.

사람들은 이제 이 동맹을 'AS동맹'이라고 부르기 시작했다.

그런 가운데 IL그룹의 이사회가 시작되었다.

회장 일가는 물론이고 이사회의 모든 일원이 한자리에 모였다.

물론 검찰조사를 받고 있는 사람들은 제외되었다.

"그럼 IL그룹 정기이사회를 시작하겠습니다. 오늘 이사회의 주요 안건은 IL그룹과 IX홀딩스 그룹의 합병입니다. 오늘의 표결에 따라 IL그룹과 IX홀딩스 그룹은 법적으로 한 회사가 될 겁니다. 그럼 표결하겠습니다."

그간 구두협약으로서 구조조정만 진행되었다면, 오늘의 표결이 완료되면 IX홀딩스 그룹의 내부 이사들은 오늘 이사회에 참석하게 될 것이었다.

사회자의 안내에 따라 이사회는 손을 들었다.

"동의하시면 손을 들어 주시기 바랍니다."

"동의합니다!"

"재청합니다!"

IL그룹이 전체 동의했으므로 IX홀딩스는 이제 IL그룹 산하의 자회사가 되었다.

지금부터는 IL그룹의 이사회에 참여하게 될 추가인물 네 명을 IX홀딩스에서 몇 명이나 뽑아 올릴지 결정해야 한다.

한 전무는 곧바로 다음 안건을 진행시키라고 재촉했다.

"피차 바쁜 사람들이 모였으니 이사회는 최대한 신속하게 진행시키도록 하지."

"예, 전무님. 그럼 바로 진행하도록 하겠습니다. 금일 정기이사회에서는 명단에서 제외된 네 명의 기존 이사들을 대신할 새로운 이사를 선출하는 안건이 상정되어 있습니다. 사전에 입후보된 이사 후보들은 이제 장내로 들어와 주시면 감사하겠습니다."

회사 내규에 따라, 이사회 정관에 따라, 적법한 후보자격을 갖춘 여섯 명의 후보가 장내로 들어왔다.

"첫 번째 후보는 IX홀딩스의 부회장이신 방영호 님이십니다."

방 부회장이 IL그룹으로 복귀하게 되면 그가 부회장 타이틀을 얻게 될 것은 불을 보듯 뻔한 일이었다.

이에 대해서 반대할 사람은 없으므로 이사회는 조용히 박수만 쳐 주었다.

짝짝짝짝!

"그럼 두 번째 후보를 소개하겠습니다. IX홀딩스의 대표이사이신 공유찬 님이십니다."

"음……."

이름을 호명하자 모두의 표정이 첨예하게 갈렸다.

한쪽에서는 어떻게 해서든 공유찬을 이사회 명단에 올리려 했지만, 분명 그렇지 않은 쪽도 존재했기 때문이다.

양쪽의 표정이 갈리는 가운데 세 번째 입후보자가 소개되었다.

"세 번째 후보를 소개하겠습니다. IL그룹의 전략기획실 부실장 방윤설 상무입니다."

방영호에 이어서 방 씨 일가가 두 명째 나오자 한 전무의 표정에 미묘한 변화가 생겼다.

아무래도 회장 일가에서 이미 두 자리를 맡아 놓았다는

그 생각 때문에 약간의 짜증이 나는 것 같기도 했다.

"그럼 네 번째 후보를 소개하겠습니다. 전 IX홀딩스의 회장님이신 안미희 님입니다."

순간, 방영호의 표정이 빳빳하게 굳어 버렸다.

다른 사람도 아니고 동생의 회사를 빼앗으려고 했던 파렴치한이 왜 여기에 있느냐는 것이었다.

"잠깐, 정지."

"예, 부회장님!"

"이미 우리 회사와는 관계를 정리한 사람이 어째서 입후보를 한 거지?"

안미희는 방영호의 질문에 직접 답을 주었다.

"왜긴요, 아주버님. 저도 이 집안사람이고, 이렇게 지분도 가지고 있는 걸요."

"…뭐, 지분?"

그녀는 이사회에 자신이 IL그룹의 모회사인 ㈜일림에 대한 지분 0.91%를 가지고 있으며 IX홀딩스의 지분 4.5%를 가지고 있다는 것을 증명하는 증서를 내밀었다.

장내가 술렁였다.

"말도 안 되는 소리! 일림의 주식은 우리 경영진들과 가족들만 가지고 있는 것인데, 어떻게 매매가 가능했단 말이지?!"

"그러게요. 누군가는 지분을 내어 줬단 말 아닙니까?"

빙그레 웃는 한 전무, 그리고 그런 그를 바라보는 방 부회장의 표정이 극명하게 갈렸다.

이대라면 분명 이사회의 한 자리는 반드시 빼앗길 것이 뻔했다.

사회자는 다섯 번째 후보자를 소개했다.

“다섯 번째 후보자를 소개하겠습니다. 현 IL그룹 구조조정본부 소속 강현국 상무보입니다.”

다섯 번째 후보자는 앞선 후보자만큼 그렇게까지 큰 존재감은 없으나, 순혈주의자들이 밀고 있는 최고의 후기지수였다.

이어서 사회자는 마지막 후보를 소개했다.

“마지막 후보자는 IX홀딩스의 전 대표이사이자 회장이었던 방유진 씨입니다.”

“…유진이?”

방 씨 형제와 방윤설의 눈동자가 휘둥그레졌다.

미처 생각지도 못한 인물이 등장한 것에 깜짝 놀란 것이었다.

방유진은 특유의 실실거리는 웃음과 함께 등장했다.

“큰아버지들! 안녕하셨습니까! 이 막내 조카가 인사 올립니다!”

방 씨 형제의 동생 방준호가 낳은 아들이며 집안의 막내였다.

방영호와 방태호는 피붙이를 만나 반가우면서도 지금까지 그가 어디서 뭘 하고 지냈는지, 약간 괘씸한 생각도 드는 모양이었다.

"회사 경영 일선에서 물러나 칩거하는 줄 알았더니, 그래도 집안일에 관심이 있기는 했나 보구나."

"네! 그럼요! 모친에게 버림받고 언젠가는 복수를 해 줘야지, 칼을 갈고 있었다는 거 아닙니까!"

이사회 전원 모두가 알고 있는 사실이었다.

어머니에게 버림받은 아들이 대한민국 땅 어딘가에서 칼을 갈고 있었다는 것을 말이다.

그렇게 각자가 말없이 치열하게 상황을 파악하고 전황을 살피는 계산에 들어간 와중에 이사회의 사회자에게 한 장의 쪽지가 전달되었다.

쪽지를 확인한 이사회 사회자의 표정이 묘하게 일그러지더니 그의 입이 천천히 벌어졌다.

"어…… 지금 방금 후보가 교체되었다고 합니다!"

"뭐?"

"여섯 번째 후보자는 IX홀딩스의 상무이사이신 신한결님입니다!"

"어?! 그게 말이 되나?! 우리 회사 지분도 갖지 못한 사람이!"

방유진은 회심의 미소를 지었다.

"왜 없어요? 내가 가진 지분으로 밀어줄 건데!"

순간, 이사회 일동은 경악했다.

"…뭘 어쩐다고요?"

"내 지분, 전부 저 사람에게 밀어준다고요. 그러면 이젠 게임이 어떻게 되는 건가? 응?! 크크크!"

혼란의 도가니 속에서 등장한 한결이 꾸벅 고개를 숙였다.

"안녕하십니까? IX홀딩스의 상무이사 신한결입니다."

§ § §

이사회 소집 일주일 전.

한결은 정말로 뜻밖의 인물과 만나게 되었다.

바로 IX홀딩스의 전 대표이사이자 최대주주였던 방유진이었다.

"듣던 것보다 인물이 좋네! 누가 산도적 같다고 그러던데 말이야."

"…소문에는 마약에 중독되었다는 얘기도 있던데, 사실입니까?"

"마약? 내가 아무리 막장에 몰린 놈이라 해도 마약은 안 해. 그런 몸에도 안 좋은 걸 왜 해?"

"그렇다면 온종일 클럽에 축 늘어져 지낸다는 건……."

“야야, 술에 취하면 누구나 축 늘어져. 뭐, 거기 들락거리는 것들이야 마약을 빨건 말건 내가 알 바는 아니고.”

보기보다는 생각이 있는(?) 인물이었다.

방유진은 한결에게 의외의 제안을 했다.

“나, 말이야, 당신을 IL그룹 이사회 명단에 올리고 싶어.”

“나를? 굳이 왜 나를 올린단 말입니까?”

“내가 올라가도 좋기는 한데, 그럼 그림이 너무 뻔하잖아! 게다가 당신도 내게 뭔가 하나쯤은 받아먹어야 우리 회사를 위해 움직여 줄 테고.”

“…경영에 복귀하려는 겁니까?”

“내가 말이야, 다 좋은데 혈통이 좀 지랄 맞아. 어머니라는 인간은 나를 감옥에 보내질 않나, 남자에 미쳐서 돈을 펑펑 써 대질 않나. 알고 보니까 심지어 내가 우리 아버지 친자식도 아니더라고! 막장 드라마도 이따위로 쓰면 욕먹을걸?”

“그런데 나를 왜 끌어들이느냐고요.”

“당신 맞잖아, 투자귀신. 아니야?”

“만약 아니라면?”

“큭큭, 내 감은 맞는다고 하지만. 뭐, 아니라면 관계자 정도는 될 수 있겠지!”

거의 절반쯤 확신하고 얘기하는 투가 예사롭지가 않았다.

—…방유진. 겉으로는 한량처럼 보여도 제법 수완 좋고 머리도 좋은 데다 깡다구도 있지. MIT 출신이고.

'겉보기와는 다르네요?'

—내가 말했잖냐, 관상이 꼭 과학은 아니라고.

'흠…… 내 정체를 어느 정도 알고 있는 것 같은데, 굳이 손을 잡아야 할 필요가 있을까요?'

—그러니까 잡아야지. 이렇게 엮이면 너는 IL그룹의 미래와도 손을 잡게 되는 거야.

'아!'

—그리고 내가 보기에 방유진은 네게 있어 가장 좋은 동업자이자 러닝메이트가 될 거야. 난 그런 확신이 드는데?

'유능하지만, 머리가 너무 좋은 게 좀 걸리는데…….'

—경각심을 갖게 해 주는 사람이라고 생각해. 네게는 걔가 바로 천적이자 먹잇감이 될 수도 있는 거야.

'으음…….'

확실히 틀린 말은 아니었다. 발전을 위해서라면 긴장감을 유지하는 것도 필요하다.

이 사람과 손을 잡는 것도 나쁘지는 않겠다는 생각이 들었다.

"좋습니다. 그렇게 합시다."

"오케이! 그럼 내가 당신을 밀어줄 테니까 상무이사 자리에 앉아요."

“다만, 내가 이사회의 일원이 되었을 때, 우리가 각각 얻을 수 있는 게 뭔지 궁금한데요.”

“얻는 거? 당연히 있지! 나는 복수를, 당신은 생존을!”

“…생존?”

“그거 알아? 지금의 당신은 전혀 상상조차 할 수 없을 정도의 거대한 흑막이 서서히 마수를 뻗쳐 오고 있다는 거.”

“마수? 당신은 그걸 어떻게 알았습니까?”

누군가 자신을 노리고 있다는 것은 알고 있었다.

하지만 이를 명확하게 인식하는 것은 다른 이야기였다.

“큭큭, 그거야 비밀이고! 아무튼, 당신이 우리 회사의 이사진이 된다면, 그리고 내 복수를 도와준다면 그 비밀을 하나씩 풀어 주도록 하지!”

“흠!”

어딘가 모르게 찝찝한 느낌이 든다.

하지만 한결은 그마저도 자신이 극복해야 할 문제라고 생각했다.

“뭐, 그럽시다!”

§ § §

IL그룹의 이사회는 한결의 등장에 몹시 당황하는 기색이 역력했다.

하지만 그들은 곧바로 정신을 차렸다.

"전략을 잘못 세웠군. 아무리 뛰어난 중역이라곤 해도 아직 솜털도 안 빠진 애송이를 이사회에 들일 수는 없지 않겠나?"

"뭐, 나름대로는 저게 신의 한 수라고 생각했겠지."

예상대로 한결을 인정하는 사람은 아무도 없었다.

심지어 오너 일가와 뜻을 같이하는 사람들까지도 말이다.

물론 한결은 그것까지도 예상을 했었다.

"그럼 표결하기 전에 제가 한 말씀만 드려도 되겠습니까?"

"여기는 동네 반장선거를 하는 곳이 아니라는 것을 알고 있을 텐데?"

"하하하하!"

한 전무를 따르는 순혈주의자 엘리트들이 무시와 경멸 섞인 조소를 쏟아 냈다.

하지만 한결은 아랑곳하지 않는다.

그는 이사회에 다시 한번 발언권을 요청했다.

"한 말씀만 드려도 되겠습니까?"

한 전무는 피식 웃으며 한결에게 귀찮다는 듯 손짓했다.

"뭐, 그럼 그렇게 해 보던가."

"후후, 감사합니다."

한결의 입가에 회심의 미소가 걸렸다.

순간, 한 전무는 한결에게 뭔가 있다는 것을 깨달았다.

"…저 새끼, 혹시?"

그가 뭘 느꼈고, 뭘 깨달았건 간에 이미 때는 늦었다.

한결은 이사진이 모두 모인 가운데 'IL그룹 스톡옵션 발행현황'이라는 제목의 보고서를 탁자 위에 올려놓았다.

그러자 회장 일가를 포함한 모든 사람들이 고개를 갸웃거렸다.

"…스톡옵션?"

"알면서도 모르는 체하는 사람들도 있겠습니다만, 이미 검찰에서는 눈치를 다 채고 있더군요."

순간, 한 전무의 표정이 처참하게 일그러졌다.

"설마하니 이사회에 입후보하겠다는 사람이 뻔뻔하게 내부고발을 한 것인가?!"

"크크! 내부고발은 내가 했고요!"

"…방유진?!"

"나야 뭐, 이젠 이 집안사람도 뭣도 아니지만. 그래도 갈 때 가더라도 참교육 한 번쯤은 괜찮지 않나 싶어서!"

한결은 미리 외워 두었던 이사회의 이름을 호명하기 시작했다.

『투자의 귀신』 6권에서 계속